HEYNE

HELEN KAUFFMANN

GELIEBTER GEBIETER

ROMAN NACH EINER
WAHREN GESCHICHTE

Wilhelm Heyne Verlag
München

FSC
www.fsc.org
MIX
Papier aus verantwortungsvollen Quellen
FSC® C014496

Verlagsgruppe Random House FSC® N001967
Das für dieses Buch verwendete FSC®-zertifizierte
Papier *Holmen Book Cream* liefert
Holmen Paper, Hallstavik, Schweden.

2. Auflage
Originalausgabe 11/2013

Printed in Germany 2013
Umschlagillustration und Umschlaggestaltung:
Eisele Grafik Design, München
Satz: KompetenzCenter, Mönchengladbach
Druck und Bindung: GGP Media GmbH, Pößneck
ISBN: 978-3-453-54565-6

www.heyne.de

PROLOG

Ich bin immer ein gutes Mädchen gewesen. Ich habe immer alles getan, was man von mir verlangte. Dann kam *er*. Im Grunde hatte ich mein ganzes Leben auf ihn gewartet. Ich war Anfang dreißig und vollkommen ahnungslos. Mit dreizehn war ich mein Jungfernhäutchen losgeworden. Doch erst zwanzig Jahre später wurde ich wirklich entjungfert. Erst zwanzig Jahre später begriff ich, was ein Mann und eine Frau einander antun können.

EINS

Es war ein heißer Tag im Juli. Die Stadt wirkte wie gelähmt, ein lauerndes Tier, das sich unter der Hitze duckte. Seit Stunden saß ich in meinem Büro und arbeitete ein Dossier durch. Die Pumps hatte ich von den Füßen gestreift, die Kostümjacke ausgezogen. Auf meinem Schreibtisch stand eine große Flasche Wasser, daneben lag wie immer eine Tüte Gummibärchen.

Als es klopfte, sah ich nicht auf. Die Anwaltskanzlei, in der ich arbeitete, hatte sich auf Wirtschaftsrecht spezialisiert, und in dem Dossier ging es um die ziemlich komplizierte Fusion zweier Firmen. Konzentriert scrollte ich mich durch die Bilanzen, bis Unmengen von Zahlen vor meinen Augen tanzten.

Die Stimme der Sekretärin hatte einen angenehm kehligen Klang.

»Darf ich kurz stören? Ich möchte Ihnen unseren neuen Fahrer vorstellen, Herrn Andresen.«

Und jedem Anfang wohnt ein Schrecken inne. Ein Schatten legte sich auf mich. Ich hob den Kopf und sah in helle Huskyaugen, die sich auf mich richteten wie Geschütze. Ich sah die kalte Gier darin und erschrak. Das Blut schoss mir in die Wangen, und ich schlug den Blick nieder.

Der alte Fahrer war ein netter älterer Herr gewesen, der, wie ich wusste, kurz vor der Pensionierung stand. Ich konnte nicht ahnen, dass jemand wie *er* kommen würde. Ein großer, auf leicht brutale Weise gut aussehender Mann, breitschultrig, mit dunklem, kurzem Haar. Er trug einen grauen Anzug, ein hellblaues Hemd, Krawatte, sorgfältig geputzte Lederschuhe.

Er war längst wieder verschwunden, als ich immer noch unbeweglich dasaß. Duldungsstarre. Ich starrte auf meinen Laptop, ohne etwas zu sehen. Am Montag darauf hatte ich einen Termin in Hamburg, und dieser Mann würde mich fahren.

Irgendwann löste ich mich aus meiner Erstarrung. Mein Körper war klüger als ich, er hatte längst reagiert. Als ich zur Toilette ging, stellte ich fest, dass mein Slip völlig durchnässt war.

Der Montagmorgen war regnerisch. Während ich meine Reisetasche packte, zitterten meine Hände. Es war nicht ungewöhnlich, dass ich Dienstreisen machte, doch heute wäre ich lieber zu Hause geblieben. Ich trug ein dunkelgraues, figurbetontes Kostüm, darunter eine weiße Bluse mit Schleife. Meine Uniform. Ich war immer korrekt gekleidet.

»Wann kommst du zurück?«, fragte mein Mann.

Er lehnte an der Schlafzimmertür und trank einen Espresso. Sein Gesicht, so vertraut. Ich liebte Sven. Und auf seine Weise liebte er mich auch, vielleicht eine Spur unverbindlicher, als ich es mir wünschte.

»Morgen«, antwortete ich. »Morgen bin ich wieder da.«

Seinen Mund umspielte ein Lächeln. Er war der Typ Mann, für den Mädchen schwärmen. Jungenhaft, sportlich, mit bernsteinfarbenen Augen und sommerblonden Haarsträhnen, die in sein gebräuntes Gesicht fielen.

Er kam auf mich zu und gab mir einen Kuss auf die Nasenspitze. Sein Atem roch nach Zahncreme und Kaffee.

»Und keine Dummheiten anstellen, ja?«

Das war ein Scherz. Wir waren seit fünf Jahren verheiratet, glücklich verheiratet. Außerdem gehörte ich nicht zu der Sorte Frau, die sich zu Dummheiten hinreißen lassen. Ich war eher kontrolliert als spontan, an Flirts war ich nicht interessiert. Das wusste Sven.

Unwillkürlich sah ich zum Bett. Unserem Ehebett. Einträchtig lagen unsere Kopfkissen nebeneinander.

Ich strich Sven über die Wange. »Mach's gut.«

»Du auch.«

Unten auf der Straße wartete die Limousine. Als der Fahrer mich kommen sah, stieg er aus. Seine Bewegungen hatten etwas Raubtierhaftes: kontrolliert, eigentümlich träge, aber sprungbereit.

Wieder erschrak ich. Ich witterte ihn wie das Wild den Jäger. Wortlos nahm er mir die Reisetasche ab und hielt mir die linke hintere Tür auf. Die linke, nicht die rechte. Mit weichen Knien ließ ich mich in die Ledersitze des Fonds fallen. Ich hörte, wie er den Kofferraum schloss. Es war ein sanftes, saugendes Geräusch. Jetzt saß ich in der Falle.

Als er einstieg, stellte er den Rückspiegel so ein, dass er mich beobachten konnte. Nichts würde ihm entgehen, am allerwenigsten ich. Ich versuchte es mit einem hochmütigen Gesichtsausdruck. Schließlich war er der Fahrer. Es gab eine Hierarchie. *Master and slave*, das alte Spiel.

Ich checkte die Mails auf meinem Handy. Ich telefonierte. Dann legte ich auf. Auf einmal war es still.

Das Schweigen nahm mir den Atem. Schwer legte es sich auf meine Brust. Ich wagte nicht, nach vorn zu sehen. Ich hatte Angst, im Rückspiegel seinen Augen zu begegnen. *Slave and master.* Ein neues Spiel.

Wir hatten die Unordnung der Stadt hinter uns gelassen. Die Landschaft war flach und öde. Gewerbegebiete, verlassene Wälder, Wiesen voller deprimiert aussehender Kühe.

»Hätten Sie etwas dagegen, wenn ich Musik anstelle?«

Es war das erste Mal, dass er zu mir sprach. Seine Stimme war leise, ein wenig rau. Etwas Unterwürfiges lag darin. Geheuchelte Unterwürfigkeit. War es die Stimme des Gebieters, der sich nur verstellt?

»An was hatten Sie denn gedacht?«

Er antwortete nicht, sondern schob eine CD in den Schlitz der Musikanlage. Das Stück hieß *Alone together*.

»Charlie Haden?«, fragte ich.

Er nickte. »Quartet West. Mögen Sie die Musik?«

Ich liebte diese Musik. Sie berührte mich mit ihrer Melancholie, ihrem schönen Fatalismus. Eine klagende Frauenstimme, umflort von Streicherklängen und dem Saxofon von Ernie Watts.

Mit meinem Körper ging etwas vor, das ich nicht steuern konnte. Unwillkürlich schob ich das Becken vor. Schwer und hart lagen meine Brüste in den Schalen des BHs. Meine Lippen waren trocken, meine Füße eiskalt.

Er reichte mir etwas nach hinten. Verblüfft griff ich danach. Es war eine Tüte Gummibärchen, genau die Sorte, die ich immer aß.

»Woher …«

»Habe ich auf Ihrem Schreibtisch gesehen. Ich dachte, Sie würden sich darüber freuen.«

»Danke, das ist nett.«

War es nett? Es war ein bisschen unheimlich. Er war kaum eine Minute in meinem Büro gewesen, und doch hatte er sich gemerkt, was auf meinem Schreibtisch lag. Diesem Mann entging nichts.

Er verwickelte mich in ein Gespräch. Wir redeten so unbefangen, als handele es sich um Small Talk. Das ist kein Small Talk, dachte ich. Er knüpft das Netz, in dem er mich fangen will.

»Gehen Sie gern ins Kino?«, fragte er.

Ich war besessen von Filmen. In ihnen lebte ich ein zweites Leben, wagemutig und leidenschaftlich. All das, was ich nicht war.

Fünf Minuten später wussten wir, dass wir denselben Lieblingsfilm hatten, einen düsteren, futuristischen Thriller. Wir erzählten uns einzelne Szenen daraus, als hätten wir eine gemeinsame Vergangenheit.

Ich betrachtete seine Hände am Lenkrad. Schmale Hände. Die Finger feingliedrig, die Haut glatt, leicht olivfarben.

Ich war eine verheiratete Frau. Ich hatte alles richtig gemacht. Hatte den richtigen Mann, den richtigen Job, die richtigen Freunde. Meine Beziehung zu Sven war vertrauensvoll, freundschaftlich, ein Kokon, in dem ich mich sicher fühlte. Nur in stillen Momenten fragte ich mich, ob er mich so brauchte wie ich ihn. Manchmal empfand ich eine gewisse Leere. Diese Unverbindlichkeit eben.

Wieder sah ich nach vorn zum Lenkrad. Ich darf nicht sterben, ohne diese Hände berührt zu haben, schoss es mir plötzlich durch den Kopf. Mein Leben wäre sinnlos gewesen. Ich spürte, dass ich feucht war. Ich hatte Angst, dass ich den Rücksitz flutete. Es floss aus mir heraus wie aus einer Quelle.

In Hamburg angekommen, brachte der Fahrer mich zunächst zum Hotel. Ich wartete nicht, bis er mir den Schlag öffnete, sondern floh in die Lobby. Er trug meine Reisetasche hinter mir her zur Rezeption, während ich eincheckte. Aus dem Augenwinkel sah ich, wie er mich beobachtete. Als wollte er sich alles genau einprägen.

Dann fuhr er mich zu meinem Termin. Er gab mir seine Handynummer und sagte, er werde in der Nähe bleiben. Als wir uns verabschiedeten, hatte ich einen trockenen Mund.

»Bis später«, sagte ich heiser.

Der Termin war reine Routine. Die Verträge waren gut vorbereitet, es gab nur wenige Details zu klären. Vom Bürofenster aus konnte man den Hafen sehen. Ich mochte das Gefühl, dass drüben in den Werften Menschen körperlich arbeiteten. Männer, deren Muskeln sich spannten unter verschwitzten Hemden. Die sich grobe Worte zuriefen im Getöse der Schweißbrenner und hämmernden Maschinen.

Ich stellte mir den Fahrer vor, wie er dort arbeitete, mit

nacktem Oberkörper, schweißbedeckt. Eine klischeehafte Fantasie, zugegeben, aber sie erregte mich. Ich schluckte. Betont gerade saß ich auf meinem Stuhl. Mein Körper war vollauf damit beschäftigt, seine Form zu wahren. Es war ein Wunder, dass er sich nicht einfach auflöste.

Als ich zur Toilette ging, erkannte ich mich kaum im Spiegel. Mein Gesicht war gerötet. Es wirkte fremd. Weicher als sonst, ohne die vertrauten Konturen.

Ich strich über meine Schenkel, während ich auf der Toilette saß. Mein Slip war getränkt mit weißlichem Sekret, etwas davon war in die Strumpfhose gesickert. Ich berührte es mit einem Finger und schnupperte daran. Es roch gut, nach Milch und Fisch. Dann kehrte ich in das Büro zurück.

Ich hielt mich zurück, die Klienten warfen sich die Bälle zu. Reiß dich zusammen, ermahnte ich mich. Sicher, dieser Fahrer ist attraktiv, er hat eine gewisse erotische Ausstrahlung, aber das ist kein Grund, die Nerven zu verlieren. Sei freundlich, bleib kühl, und dann geht diese Reise spurlos an dir vorbei.

Ich hatte Sven noch nie betrogen, nicht einmal daran gedacht. Möglicherweise war es normal, dass ich jetzt, nach fünf Jahren Ehe, empfänglich für einen kleinen Flirt war. Doch mehr würde daraus nicht werden. Niemals.

Während die Klienten den Vertrag unterzeichneten, betrachtete ich die gerahmten Schiffsbilder an den Wänden. Die Möbel aus Mahagoni. Die Bar voller Kristallkaraffen, gefüllt mit bräunlich goldenen und transparenten Flüssigkeiten.

Ich widerstand der Versuchung, um einen Drink zu bitten. Gern hätte ich jetzt einen Wodka gekippt. Ich brauchte dringend etwas, was mich ruhigstellte. Die Wahrheit war, dass ich vollkommen verwirrt war durch die Existenz eines Mannes, den ich kaum kannte. Es lag nicht an so banalen Dingen wie Attraktivität. Da war etwas anderes im Spiel.

Unauffällig sah ich zur Uhr. Ich war angezählt wie ein Boxer, der schon am Boden lag. Der Countdown hatte begonnen. Aber wofür?

Als wir aufstanden, schwankte ich leicht. Täuschte ich mich, oder bewegte ich mich anders? Bei jedem Schritt spürte ich, wie sich der Stoff der Bluse an meiner Haut rieb. Wie sich der Venushügel verschob. Wie meine Pobacken arbeiteten.

Ich rief den Fahrer an. Seine Stimme fuhr mir zwischen die Beine wie eine Klinge.

»Da sind Sie ja.«

Eine merkwürdige Formulierung. Als hätte er weit mehr als eine Stunde auf mich gewartet. Tage, Wochen, Jahre.

Als ich aus dem Bürogebäude kam, sah ich, dass der Wagen direkt vor dem Eingang parkte. Lässig lehnte der Fahrer an der Kühlerhaube, die Arme verschränkt. Er sah mir aufmerksam zu, wie ich die Treppe hinunterging. Jeder Schritt, jede Stufe war eine Qual. Er scannte mich. Ich fühlte mich nackt.

Erst als ich die unterste Stufe erreicht hatte, löste er sich von der Kühlerhaube und öffnete mir den Wagenschlag.

»Zum Hotel?«, fragte er.

Ich nickte. Ich wollte endlich allein sein.

Im Zimmer warf ich mich aufs Bett. Die Pumps fielen zu Boden. Ich schob den Rock hoch und die Strumpfhose herunter. Meine Finger kannten den Weg. Die Erinnerung an seinen Blick und seine Hände genügte. Ich hatte sofort einen Orgasmus. Ich onanierte so lange, bis es wehtat. Dann blieb ich einfach liegen.

Eine Erlösung war es nicht. Ich starrte an die Decke. Diese Kleinigkeiten. Winzige Gesten, ein Augenaufschlag, eine Bewegung, alles erregte mich an ihm. Und seine Stimme, rau, etwas gepresst.

Um halb sieben stand ich auf. Ich duschte nicht. Ich zog mich aus und betrachtete mich im Badezimmerspiegel. Mein Gesicht, meine Schultern, meine Brüste, meinen Bauch, meine Schenkel. Ich war dreiunddreißig und noch ganz gut in Form. Weiche, spitze Brüste. Der Bauch leicht gewölbt. Einigermaßen glatte Schenkel, runder Po. Würde ihm gefallen, was ich sah?

Ich lehnte mich an die gekachelte Wand und onanierte mit einer Hand, während die andere meine Brüste massierte. Dabei schaute ich mir im Spiegel zu. Ich hatte keinen Plan. Ich fieberte nur dem Moment entgegen, wenn er mich wieder ansehen würde.

Um zehn vor sieben durchquerte ich die Hotelhalle und trat auf die Straße. Er stand draußen neben dem Wagen und telefonierte. Mit wem sprach er? Ich war eifersüchtig. Eifersüchtig auf die Person, mit der er redete. Auf das Handy, das er hielt. Auf alles, was in seiner Nähe sein durfte.

Sobald er mich sah, steckte er das Handy ein. Als er mir den Wagenschlag aufhielt und ich einstieg, streifte er wie zufällig meine Schulter. Es war wie ein Stromschlag. Ich stolperte, und er fing mich auf. Er war nicht im Mindesten überrascht. Ich war verloren.

Das Meeting fand in einem Restaurant an der Alster statt. Ausflugsdampfer und Ruderboote zogen vorbei, ein paar Surfer versuchten sich an der eher flauen Brise. Drinnen schwoll das Stimmengewirr der Gäste an, allesamt Juristen. Es gab Champagner und Fingerfood. Ich aß nichts, ich trank zu viel. Draußen auf der Straße wartete der Fahrer.

Ein Kollege aus einer Hamburger Kanzlei sprach mich an. Er war klein und dick. Seine Glatze glänzte, die Goldknöpfe seines dunkelblauen Jacketts schimmerten im Licht der Kerzen.

»Na, wohnen Sie immer noch in Berlin? Verstehe nicht, was die Leute dran finden.«

Die Hamburger mochten Berlin nicht. Es war offensichtlich, dass ihre Stadt allmählich bedeutungslos wurde.

Er senkte die Stimme. »Aber tolle Sexclubs soll es in Berlin geben. Swinger-Lounges, Dark Rooms, SM-Clubs. Haben Sie einen Tipp für mich?«

Ich schüttelte den Kopf. Klar hatte ich schon davon gehört. Jeder sprach darüber. War aber nichts für mich.

Er grinste. »Na ja, für jemanden wie Sie kommt das natürlich nicht infrage. Sie sind eine Heilige. Und? Wie läuft es sonst so?«

Furchtbar. Ich denke nur noch an Sex.

Es war spät geworden. Nachdem wir im Hotel angekommen waren, bot der Fahrer an, mich bis zum Zimmer zu begleiten. Natürlich lehnte ich ab.

»Nicht nötig, Sie sind mein Fahrer, nicht mein Kindermädchen.«

In Wahrheit fürchtete ich mich davor. Doch er ließ sich nicht beirren.

»Ich will nur sichergehen, dass Sie heil oben ankommen.«

Frechheit. Doch ich war zu müde und zu beschwipst, um weiter zu protestieren. Während der Fahrstuhl in den ersten Stock fuhr, sah ich zu Boden. Ich wusste, dass er mich im Visier hatte. Doch ich würde standhaft bleiben.

Ich trat vor ihm aus dem Lift und spürte seinen Blick in meinem Rücken, als ich leicht schwankend den Flur entlangwanderte und Zimmer 107 suchte. Als wir vor der Zimmertür angelangt waren, entstand eine kleine Pause.

Er fragte mich, ob ich noch einen Wunsch hätte.

Dicht stand er vor mir. Groß, schlank, dunkel. Unter seinem Anzug ahnte ich jeden Millimeter seiner Haut. Mein Körper verzehrte sich nach einer Berührung.

Mit all meiner Willenskraft wandte ich mich von ihm ab und schloss die Tür auf.

»Nein, das ist alles. Abfahrt morgen früh um neun.«

»Schlafen Sie gut.«

Ich sah ihn an, und er senkte die Lider. Das war schlimmer als jeder offene Blick. Wieder diese geheuchelte Unterwürfigkeit.

Schnell schob ich mich ins Zimmer, warf die Tür zu und verriegelte sie. Dann lehnte ich mich mit dem Rücken an die Wand und rutschte langsam daran herunter.

Test bestanden, dachte ich erleichtert. Alles richtig gemacht. Du gehörst zu Sven. Dieser Mann hier bleibt eine Fantasie. Die Gedanken sind frei. Ich ließ meine Hände in die Strumpfhose gleiten und onanierte, bis ich auf dem Boden einschlief.

Ein Klopfen weckte mich. Schlaftrunken sah ich zur Uhr. Es war kurz nach zwei. Ich wusste, dass *er* es war. Mit fahrigen Bewegungen richtete ich mich auf. Es wäre ein Leichtes gewesen, so zu tun, als schliefe ich längst. Doch innerlich beugte ich schon meinen Nacken unter das süße Joch.

Ich öffnete die Tür.

»Ja?«

»Ich wollte nur wissen, ob alles in Ordnung ist.«

»Was fällt Ihnen ein? Es ist mitten in der Nacht.«

Ich schlug ihm die Tür vor der Nase zu. Dann stand ich da, aufgelöst, fiebrig, atemlos. Geh nicht, bat ich stumm. Geh nie wieder weg. Ich öffnete die Tür ein zweites Mal.

Mit einer einzigen Bewegung hatte er mich im Griff. Die Tür flog ins Schloss. Seine Zunge drang in meinen Mund. Noch nie hatte ein Mann mich so geküsst. Seine Zunge war wie ein Penis. Seine Zunge vögelte meinen Mund. Ich spürte jede ihrer Bewegungen zwischen den Beinen.

»Nein«, murmelte ich. »Gehen Sie. Bitte.«

Ich sträubte mich. Ich schmiegte mich an ihn. Er roch gut. Rasierwasser, Pfefferminz und noch etwas. Seine Hände glitten unter meinen Rock, umfassten meine Pobacken. Ich spürte seinen harten Penis unter dem Hosenstoff.

»Bitte nicht.«

Er drängte mich ins Zimmer, sodass ich rückwärtstaumelte, bis ich auf die Bettkante sank. Dann wechselte er die Taktik. Kniete sich vor mich hin. Streichelte meine Schenkel. Streichelte mein Gesicht. Gab den Verführer, mit weicher Stimme.

»Ich könnte jetzt gehen. Aber das wäre sinnlos. Ich weiß, dass wir miteinander schlafen werden. Wenn nicht heute, dann ein andermal.«

Ich wusste, dass das stimmte. Er wusste sowieso alles. Ein Blick hatte ihm genügt, um zu sehen, dass ich erschütterbar war. Er wusste, ich würde gefügig sein. Ein braves Mädchen. Ein gehorsames Mädchen. Eines, das überwältigt werden wollte.

Ein schwacher Lichtschein fiel von draußen auf das Bett. Ich konnte seine Augen sehen. Sein schmales Gesicht, seinen Mund, verzerrt vor Begierde. Dieses »Du willst es doch«. Dieses »Du bist für mich geschaffen, du entkommst mir nicht«.

Wieder küsste er mich, sanfter, spielerischer diesmal. Er streifte mir die Kostümjacke ab und knöpfte die Bluse auf. In meinem Kopf dröhnte es. Ich riss mir die Bluse vom Körper und zog den BH aus.

Langsam stand er auf und sah auf mich herab. So viel Hunger in seinem Blick. Das kannte ich nicht, aber ich begriff es sofort. Unersättlicher Hunger. Es würde nie genug sein. Ich würde ihm alles geben müssen, doch es würde nie reichen. So ein Mann ist nie satt.

Er schob sein Becken vor, zu meinem Gesicht hin. Ich öffnete seinen Gürtel, seine Hose. Schob Hose und Boxershorts nach unten. Sein steifer Penis schnellte hervor. Er stieß ihn mir in den Mund, bis hinunter in die Kehle. Würgend umschloss ich ihn mit den Lippen. Tief atmete ich den Geruch seines Schamhaars ein.

»Geile Sau.«

Wie war das? Kein Mann hatte jemals so etwas zu mir gesagt. Es war herabwürdigend. Erschauernd spürte ich, dass es mich erregte.

Er zog seinen Penis aus meinem Mund. Drückte mich aufs Bett, presste meine Brüste zusammen. Er vögelte zwischen meine Brüste. Seine Finger bohrten sich in mein Fleisch. Wie lange denn noch? Ich konnte nicht mehr warten. Auch ich hatte gewartet – Tage, Wochen, Jahre.

»Fick mich«, winselte ich.

Er hielt inne. »Wie war das?«

Ich schluchzte. »Fick mich. Bitte.«

Im Halbdunkel des Zimmers sah ich seine Augen aufleuchten. Er lächelte.

»Du willst also gefickt werden.«

»Ja.«

Ich zerrte mir die Strumpfhose und den Slip herunter. Als er in mich eindrang, war es, als hätten wir nie etwas anderes getan. Schlüssel und Schloss. *Master and slave*. Ich kam sofort. Es zerriss mich von oben bis unten. Mein Herz hämmerte, meine Haut brannte. Er drehte mich um und nahm mich von hinten. Mit der flachen Hand schlug er mir auf den Po.

»Geile Sau. Du hast die ganze Zeit daran gedacht. Du bist ein sehr ungehorsames Mädchen.«

Wieder schlug er mich. Vögelte härter. Zog meine Pobacken auseinander, damit er mein Loch sehen konnte.

Ich reckte meinen Unterleib in die Höhe, damit er noch tiefer in mich eindringen konnte. Ich keuchte, mein ganzer Körper war von Schweiß bedeckt.

Wir konnten nicht aufhören. Er streichelte mich. Er tat mir weh. Er leckte mich. Er schlug mich. So ging es die ganze Nacht.

Es dämmerte, als er sich anzog und ging. Wie ein erlegtes Tier blieb ich liegen. Langsam füllte sich das Zimmer mit bläulichem Licht. Ich sah aus dem Fenster und wunderte mich, dass die Häuser draußen noch standen, horchte auf die morgendlichen Geräusche der Straße und wartete auf die Polizeisirene. Man würde mich verhaften, da war ich mir sicher.

Etwas Ungeheuerliches war geschehen. Ich hatte meinen Mann betrogen. Schuldgefühle drückten mich auf das Laken, begruben mich unter sich. Die Erinnerung an Svens lächelndes Gesicht war eine Qual. Wie hatte diese Nacht passieren können? Warum hatte ich mich darauf eingelassen?

Alles tat mir weh. Ich war wund gescheuert, zerschlagen, kraftlos. Zusammengekrümmt schleppte ich mich ins Badezimmer. Ich duschte nicht. Ich wollte *seinen* Geruch auf meiner Haut bewahren. Seinen Speichel, sein Sperma, seinen Schweiß. Ich stank zum Himmel. Ich war glücklich. Ich war am Boden zerstört. Dieser Mann war Sünde und Bestrafung in einem.

Mit zitternden Knien ging ich in den Frühstücksraum. Er war voller Männer in dunklen Anzügen. Sie sahen mich an, neugierig, vorwurfsvoll, lüstern. Sie wussten genau, was passiert war. Man sah es mir an. Aber das bildete ich mir nur ein. Ich trank vier Tassen Kaffee, essen konnte ich nichts.

Wie würde er sich verhalten? Würde er so tun, als sei nichts passiert? War diese Nacht ein Ausrutscher gewesen? Etwas, was man am besten gleich wieder vergaß?

Ja, ein Ausrutscher. Schnell vergessen, nicht mehr darüber nachdenken. Aber wie sollte ich das jemals vergessen? Und wie sollte ich ihn überhaupt ansprechen, wenn ich ihm gegenübertrat? Herr Andresen? Ich erwog kurz, mit dem Zug zurück nach Berlin zu fahren. Aber das hätte ich nicht ausgehalten. Ich sehnte mich nach ihm.

Als ich mit meiner Reisetasche aus dem Hotel kam, wartete er schon am Wagen auf mich. Kein Lächeln, kein Wort, nur sein Besitzerblick. Er hielt mir die Beifahrertür auf. Das alte Spiel war endgültig vorbei. Die Regeln des neuen Spiels bestimmte er.

Wir fuhren los. Verstohlen beobachtete ich ihn von der Seite. Sein Gesicht war ausdruckslos, seine Bewegungen waren ruhig. Er machte keine Anspielungen, keine vertraulichen Bemerkungen. In nichts ließ er erkennen, was in der Nacht zuvor passiert war.

Er schob eine CD ein. *In the wee small hours of the morning*. Johnny Hartman, eine intime, innige Musik.

Wieder sah ich zu ihm hin, doch er schwieg beharrlich. Sah in den Rückspiegel, regulierte die Klimaanlage. Gab Gas, bremste, betätigte den Blinker. War es schon wieder vorbei? Umso besser. Ich war erleichtert. Nein, ich war etwas enttäuscht.

Ich räusperte mich. »Also, wegen gestern Nacht ...«

Er sah kurz zu mir herüber. Prüfend. Ich wusste nicht weiter.

Seine Stimme klang sachlich.

»Ich bin verheiratet und habe ein Kind. Eine Scheidung würde mich ruinieren. Du wirst hübsch den Mund halten. Du hast meine Nummer. Ruf mich an, wenn du willst. Wenn nicht, ist es auch okay.«

Meinte er das wirklich? Seine Miene war immer noch ausdruckslos. Dann legte er eine Hand auf mein Knie. Ich sank in mich zusammen. Ich hatte keine Knochen mehr. Wurde zum wirbellosen Weichtier unter seiner Hand. Unter der Hand, die mich gestreichelt und geschlagen hatte. Er hatte Macht über mich.

»Und noch etwas«, sagte er. »Was du zwischen den Beinen hast, ist eine Fotze, klar? Nenn sie nie anders. Nicht Muschi, nicht Möse oder sonst wie. Nur Fotze. Merk dir das. Fotze, Titten, Schwanz, Arsch. Keine anderen Namen. Verstanden?«

Ich nickte.

»Sag es. Fotze, Titten, Schwanz, Arsch.«

Unwillkürlich kniff ich die Lippen zusammen. Ich war ein gut erzogenes Mädchen. Natürlich waren mir diese Wörter geläufig. Ich hatte sie auch schon verwendet, in umnachteten Momenten der Lust. Doch alles in mir sperrte sich dagegen, sie am helllichten Tage auszusprechen. Wenn ich als Kind schmutzige Wörter benutzt hatte, war mir zur Strafe der Mund mit Seife ausgewaschen worden. Was er von mir verlangte, war das genaue Gegenteil meiner Erziehung. Und er wusste es.

»Sag es.«

Ich holte tief Luft. »Fotze. Titten. Schwanz. Arsch.«

»So ist es gut.«

Mit einer Hand öffnete er seine Hose. Ich reagierte sofort. Mit beiden Händen nahm ich seinen Penis heraus, umschloss ihn mit meinen Fingern, zog die Vorhaut rhythmisch über die Eichel, drückte und presste ihn.

Er sog hörbar die Luft zwischen den Zähnen ein.

»So ist es gut.«

Er gab noch mehr Gas. Johnny Hartmann sang »*Charade*«. Ich löste den Sicherheitsgurt, damit ich mich freier bewegen konnte. Und jetzt irgendwo gegenrasen. Ein Knall, und alles ist vorbei. Ich beugte mich über seinen Schoß und umkreiste die Schwanzspitze mit meiner Zunge. Dann holte ich die Eier raus und leckte sie.

Im Gegensatz zu mir hatte er geduscht. Er roch nach Seife wie ein frisch gebadetes Baby.

»Zieh deinen Rock hoch.«

Ich tat, was er sagte. Mit seiner rechten Hand schob er meinen Slip beiseite und rieb meinen Kitzler, während mein Mund in seinem Schoß beschäftigt war. Er fuhr langsamer, sein Schwanz wurde härter. Ein Lieferwagen überholte uns, und der Beifahrer darin sah uns. Er machte eine obszöne Geste.

»Der würde dich bestimmt gern durchficken«, sagte er heiser. »Und ich würde dir gern dabei zusehen.«

Er steckte mir zwei Finger in die Fotze. Ich kam. Er spritzte mir in den Mund, und ich schluckte alles.

ZWEI

In Berlin regnete es. Das Geräusch der Reifen auf der nassen Straße erregte mich. Alles nass. So nass wie ich.

Ich hasste mich dafür. Ich war kein leichtfertiges Luder, das sich einfach dem Nächstbesten an den Hals warf. Nein, ich war eine denkende, fühlende Frau, die sich alle Entscheidungen gut überlegte. Meine Gefühle für Sven standen außerhalb jeden Zweifels. Für ihn hatte ich mich entschieden und es nie bereut. Ich konnte es kaum erwarten, dass er mich in die Arme nahm, dass alles wieder gut war.

Und doch erzählte mein Körper mir etwas anderes. Über *ihn*. Und über mich. Dinge, die ich nicht hören wollte.

Er trug meine Reisetasche in die Kanzlei und verabschiedete sich förmlich.

»Sie können mich jederzeit anrufen«, sagte er.

Ich sah zu Boden, um seinen Augen nicht zu begegnen. »Mal sehen. Besser nicht.«

Auf der Toilette kämmte ich mein Haar, zog meine Lippen nach, rückte den Blusenkragen gerade. Doch, man sah es mir an. Zumindest ich sah es.

Als ich die Strumpfhose hinunterschob, entdeckte ich,

dass meine Schenkel voller blauer Flecke waren. Ich würde sie Sven erklären müssen. Fang schon mal mit den Ausreden an, dachte ich. Du wirst noch viele brauchen. Dann korrigierte ich mich. Nein, das wirst du nicht. Weil du weißt, dass so etwas nicht gutgeht. Weil dein Leben in Ordnung ist, so wie es ist. Weil du Sven liebst.

Der Kanzleichef empfing mich in seinem Büro. Das Parkett knarrte unter meinen Füßen. An den Wänden hingen großformatige, abstrakte Gemälde, der Schreibtisch aus Wurzelholz war penibel aufgeräumt. Der Chef war ein alter Fuchs, ein drahtiger Mann Anfang sechzig, dessen nikotingelbes Gesicht von tiefen Furchen durchzogen war.

Ich galt als tüchtig, dennoch hatte ich immer das Gefühl, dass ich nicht genug arbeitete. Im Grunde signalisierte mein Chef mir dieses Gefühl. Überstunden waren für ihn selbstverständlich, und wer seinen vollen Jahresurlaub nahm, galt in dieser Kanzlei als unmotiviert.

Ob alles glattgelaufen sei, fragte er mich.

»So glatt wie ein Messer durch warme Butter geht«, sagte ich.

Er mochte diesen Spruch. Nur dass wir dabei nicht an dasselbe dachten.

»Und?«, fragte der Chef. »Wie macht sich der neue Fahrer?«

Auf diese Frage war ich nicht vorbereitet. Eine heiße Röte überzog meine Wangen. Der Chef bemerkte es nicht, weil er gerade in seinen Unterlagen blätterte.

Er ist mein Schicksal, mein Leben, mein Verhängnis, wisperte eine Stimme in mir. Blödsinn, antwortete eine andere Stimme, er ist ein Seitensprung. Er hat dich in einem schwachen Moment erwischt, und du hast einen Fehler gemacht. Mehr nicht.

»Ganz gut«, antwortete ich.

Der Kanzleichef sah nicht auf, während er die Papiere überflog. »Wir haben einen neuen Klienten. Ich habe sofort an Sie gedacht.«

Innerlich seufzte ich. Also noch mehr Arbeit, noch weniger Freizeit. Er halste mir immer zu viel auf. Nimm es als Auszeichnung, dachte ich. Die paar Überstunden mehr bekommst du auch noch hin.

Ich lächelte verbindlich. »Danke. Das übernehme ich gern.«

Es folgte ein kurzes Briefing. Ich versuchte, mich zu konzentrieren, doch die Worte erreichten mich nicht. Ich sah *seine* Augen aufleuchten, als ich ihn anflehte, in mich einzudringen, ich spürte seine Hände auf meinen Brüsten.

»Entschuldigen Sie mich bitte, ich bin in einer Minute wieder da.«

Mit schnellen Schritten lief ich in mein Büro und wählte seine Nummer. Die Mailbox, eine automatische Ansage. Er ließ mich warten. Natürlich. Nicht *er* war verfügbar, sondern ich.

Als ich abends nach Hause kam, war es, als sei ich Wochen weg gewesen. Sven saß auf der Couch, der Fernseher lief. Als er mich sah, klopfte er auf den freien Platz neben sich. Ich flog in seine Arme und schmiegte mich eng an seinen vertrauten Körper, atmete seinen vertrauten Geruch ein, seine Wärme, seinen Schutz.

Tränen der Reue traten mir in die Augen. Ich liebte Sven. Er hatte es nicht verdient, dass ich ihn hinterging.

Sven klickte auf die Fernbedienung und wechselte das Programm, ohne den Blick vom Fernseher zu nehmen. »Schön, dass du wieder da bist. Wie ist es gelaufen?«

»Ganz gut.«

Ich küsste seine Wangen, seine Stirn, seinen Mund. Verzeih mir, Sven, bat ich innerlich. Ich war nicht ich selbst gestern Nacht. Es wird nie wieder vorkommen.

Überrascht von meiner überschwänglichen Zärtlichkeit musterte er mich. »Alles okay? Du siehst müde aus.«

»Ja, ich bin hundemüde. Am besten, ich gehe gleich ins Bett.«

Ausziehen, duschen, Licht ausmachen. Die Spuren verdecken. Die blauen Flecken, die Kratzspuren auf dem Rücken. In meinem Slip klebten ein paar Blutstropfen. Unwillkürlich musste ich lächeln. Als hätte *er* mich entjungfert. Aber hatte er nicht genau das getan?

Während ich meinen nackten Körper im Badezimmerspiegel betrachtete, überrollten mich die Ereignisse der vorherigen Nacht. Noch nie hatte ein Mann mich so behandelt, so grob, so dominant und herrisch. Noch nie hatte ein Mann mich geschlagen. Der Gedanke daran war ebenso erschreckend wie lustvoll.

Plötzlich war alles wieder da. Ich wurde feucht. Es schmerzte. Aber ich wollte mehr davon, ich war süchtig danach.

Ich zog einen Jogginganzug an, um meine geschundene Haut zu verbergen. Dann setzte ich mich auf den Badewannenrand und schrieb eine SMS.

»Schlaf gut.«

Ob das zu sentimental war? Ich löschte die Message.

»Ich würde dich gern wiedersehen.«

Schon besser. Ich schickte die SMS ab. Die Antwort kam prompt.

»Morgen Abend, zwanzig Uhr. Hotel Marina. Zimmer 212.«

Es war keine Frage, es war ein Befehl. Offenbar hatte er das Zimmer schon gebucht.

In dieser Nacht konnte ich nicht schlafen. Nachdem ich mich zwei Stunden lang hin und her gewälzt hatte, stand ich auf und ging in die Küche. Ich trank einen halben Liter Milch. Ich setzte mich auf die Wohnzimmercouch und sah fern, einen Homeshoppingsender, in dem Küchengeräte angeboten wurden. Zwei Frauen in geblümten Blusen redeten über Küchenmesser.

Ich beschloss, nicht in das Hotel zu gehen. Er konnte mich nicht zwingen. Noch ist es nur ein Seitensprung, beruhigte ich mich, erst bei der Wiederholung wird es zur Affäre. Lass es. Du liebst Sven. Er wird es nie erfahren. Du wirst mit ihm zusammenbleiben, weil er der Richtige ist, du wirst Kinder mit ihm haben, später Enkelkinder. Ihr werdet eine große, glückliche Familie sein.

Mein Blick fiel auf Svens Laptop, der auf dem Couchtisch stand. Wie ferngesteuert griff ich danach und ging ins Internet. Bei *Google Maps* sah ich nach, wo das Hotel lag. Irgendwo am Stadtrand, billige Gegend. Wie stellte *er* sich das vor? Gemeinsam einchecken als vermeintliches Ehepaar?

»Was ist denn los? Warum schläfst du nicht?«

Ich fuhr zusammen. Sven stand im Wohnzimmer, in Boxershorts. Dieser schöne Jungenkörper, den ich so mochte. Diese strahlenden Augen, dieses gewinnende Lächeln. So sahen Männer aus, die von ihrer Mutter geliebt worden waren. Sven war ein Einzelkind wie ich, das Wunschkind, der ersehnte Stammhalter.

Alles war ihm in den Schoß gefallen, das gut situierte Elternhaus, das Wirtschaftswissenschaftsstudium in Harvard, der lukrative Job in einer der besten Unternehmensberatungen des Landes. Sven war ein Sieger. Auch ich war ihm in den Schoß gefallen, wie ein Apfel, der sich genau im richtigen Moment vom Zweig gelöst hatte.

»Nimm mich in die Arme, bitte«, sagte ich leise.

Halt mich fest, lass mich nie wieder los, beschütze mich. Ich brauche dich.

Sven kam sofort zu mir. Er legte mir einen Arm um die Schulter. Doch er hatte meine Bitte missverstanden. Seine Lippen streiften meinen Hals.

»Lass uns miteinander schlafen. Das macht schön müde.«

»Entschuldige«, flüsterte ich. »Ich glaube, ich bekomme meine Tage.«

Er ließ sofort von mir ab. Wenn ich menstruierte, rührte er mich nicht an. Wir gingen wieder ins Bett.

Hotel Marina. Zimmer 212. Lautlos weinte ich mich in den Schlaf.

Irgendwann im Morgengrauen wachte ich auf. Ein Schweißfilm bedeckte meinen Körper. Hatte ich einen Albtraum gehabt? War es dabei um *ihn* gegangen?

Im nächsten Moment wurde ich von einem Bilderstrom weggesogen. Wie in einem Filmtrailer zogen die Männer an mir vorbei, die sich in all den Jahren an mir versucht hatten. Überdurchschnittlich viele waren es nicht gewesen. Doch vor meiner Heirat hatte ich eine ganze Zeit lang experimentiert, auf der Suche nach dem einen Mann, der mich in Rausch und Raserei versetzte.

Meine Suche war glücklos geblieben. Eigentlich hatte ich nur Enttäuschungen erlebt. Flüchtige Beziehungen, kleine Abenteuer, die in erotischer Hinsicht so stereotyp waren, dass ich es irgendwann aufgab. Das Muster war mehr oder weniger immer gleich geblieben – hastiges Entkleiden, Penetration, Stellungswechsel, Abschuss. Keiner machte einen Fehler. Keiner tat das Richtige. Ich war erregbar, aber unbefriedigt.

Sex kann so bedeutungslos sein, so beschämend. Manchmal ekelte ich mich. Vor behaarten Pobacken, muffigen Gerüchen, vor zähem Sperma, schleimig wie Auswurf. Vor dem ungenierten Grunzen beim Höhepunkt. Vor Gesichtern, die im Moment des Orgasmus einfach nur debil aussehen.

Manche wollten besonders gute Liebhaber sein. Sie streichelten mich ausgiebig, lutschten unbeholfen an meiner Klitoris, hantierten an mir herum, als hätten sie einen Ratgeber gelesen, wie man Frauen um den Verstand bringt. Anschließend wollten sie gelobt werden. Das war vielleicht das Beschämendste daran. Trotzdem wollte auch ich ihnen etwas geben, vermutlich aus Pflichtgefühl. Deshalb ging ich dazu über, meine ausbleibenden Orgasmen vorzutäuschen. Ich spielte Ekstasen, die ich gar nicht erlebte.

Aber ich wusste, da war etwas in mir, das nur schlief. Schon als Mädchen hatte ich seltsame Fantasien gehabt. Darin wurde ich im Krieg gefangen genommen und vergewaltigt. Ich wurde von einer Gang gefesselt, nackt an einen Marterpfahl gebunden und geschlagen. Das erregte mich. Früh lernte ich, mich selbst zu befriedigen.

Ich wurde älter, die Bilder blieben. Einmal erzählte ich es einer Freundin, die Therapeutin war. Das seien Entlastungsfantasien, sagte sie. Wenn man mit Gewalt genommen wird, hat man keine Verantwortung für das, was geschieht. Aber warum erregt es mich so, mehr als alles andere?, fragte ich. Sie zuckte mit den Schultern.

Als ich Sven kennenlernte, hatte ich die Hoffnung längst aufgegeben. Er war einfühlsam und geduldig. Er wusste, dass sich ein ausgedehntes Vorspiel gehörte und dass es unhöflich war, sich nach dem Höhepunkt kommentarlos zur Seite zu rollen. Zum Orgasmus brachte er mich nicht.

Doch ich liebte ihn, deshalb ging ich dazu über, auch ihm etwas vorzumachen. Ich brachte es einfach nicht übers Herz, ihn zu enttäuschen. Mein vermeintlicher Orgasmus war der Beweis, dass er begehrenswert war, und der Lohn für seine Mühe.

Niemals hätte ich ihm meine geheimen Wünsche gestanden. Dazu hatte ich nicht den Mut. Mir graute ja selbst vor dieser dunklen Seite. Ich verstand sie nicht. Und nicht im Traum wäre ich auf die Idee gekommen, eine meiner Fantasien auszuleben. Sie waren mein Kopfkino, wenn ich onanierte. Es gab verlässliche Szenarien, die mich innerhalb von Sekunden zum Höhepunkt brachten.

Diese Fantasien nannte ich meine »geheimen Gärten«.

Darin ging ich spazieren, ließ mich schlagen, fesseln, erniedrigen. Ich stattete sie mit immer neuen Details aus, mit gesichtslosen Männern, die mich demütigten, mit Zwängen aller Art.

Niemand wusste davon. Es waren ganz allein meine geheimen Gärten, wie in dem Song *The Secret Garden* von Quincy Jones. Nach dem Intro erklingt die tiefe, verführerische Stimme von Barry White – »*Tell me your secret / I don't just want to know / About any secret of yours / I wanna know about / One special secret.*« Der Refrain war der Soundtrack meiner Fantasien, schmeichelnd, lockend. »*Here in the garden where / Temptations feel so right / Passion can make you fall / From what you feel.*«

Ich hatte mich damit abgefunden, dass meine erotische Welt für immer zweigeteilt sein würde. Sven und ich schliefen ein, zweimal die Woche miteinander. Es war nicht unangenehm. Es war unkompliziert, es ging schnell, und es hinterließ keine Spuren. Gesunder, sauberer Sex. Ich verweigerte mich selten. Es war ja sowieso schnell vorbei. Danach genoss ich Svens Atem auf meiner Haut, sein heftig schlagendes Herz, die Art, wie wir uns umschlungen hielten und einander nah waren.

In der Dunkelheit des Schlafzimmers sah ich schemenhaft die Silhouette von Svens schlafendem Körper. Er konnte nicht ahnen, dass es meine geheimen Gärten gab. Und noch weniger ahnte er, dass es einen Mann gab, der sie betreten hatte.

Am nächsten Morgen stand ich lange vor Sven auf und duschte heiß. Ich hatte Muskelkater. Die blauen Flecken begannen sich violett zu verfärben. Aus mir lief dunkelrotes, schleimiges Blut. Warum ausgerechnet heute?

Ich war bereits angezogen, als Sven ins Bad kam. Er küsste mich auf die Stirn und hob mit einer Hand mein Kinn an.

»Und? Geht es dir besser, Schatz?«

Ich zeigte auf die Tamponschachtel. »Nicht wirklich.«

Mitfühlend streichelte er mit einem Finger meine Wange. »Nimm am besten gleich eine Tablette.«

»Mach ich.«

Sven sah blendend aus, sogar jetzt, am frühen Morgen. Ich fuhr ihm durch das zerzauste Haar, das ihm in die Stirn hing. Auf seinem Gesicht hatten sich die Abdrücke des Kissens eingeprägt, was mich rührte.

»Ich liebe dich«, murmelte ich dicht an seinem Ohr.

»Ich dich auch.«

Wir frühstückten im Stehen, wie meistens. Die Küche war eng, wir standen dicht beieinander. Sacht lehnte ich mich an Sven. Es tat gut zu wissen, wohin ich gehörte. Ich hatte nur einen kleinen Ausflug in meine geheimen Gärten gemacht, diesmal leibhaftig. Es würde nicht wieder vorkommen.

Sven aß zwei Croissants mit Butter und Marmelade. Ich trank nur einen Espresso, dann zog ich meinen Trenchcoat an. Ein Klecks Marmelade hing in Svens rechtem Mundwinkel, als ich ihn zum Abschied auf die Wange küsste. Er sah aus wie ein kleiner Junge, der heimlich genascht hatte.

In der Kanzlei fand als Erstes eine Konferenz statt. Zu acht saßen wir um den ovalen Tisch im Konferenzraum und referierten. Ich hatte Kopfschmerzen, was häufig vorkam. Zu viel Arbeit, vermutlich.

Die neue Sekretärin protokollierte die Redebeiträge – eine schlanke, junge Frau mit großen Brüsten und einem dunkelblonden Bubikopf. Sie trug ein graues Etuikleid. Unter ihren Augen lagen bläuliche Schatten. Vielleicht hatte sie ein Sexleben, das diesen Namen verdiente. Darüber hatte ich noch nie nachgedacht.

Als die Reihe an mich kam, fühlte ich mich wie ertappt. Meine Stimme war belegt, als ich von dem erfolgreichen Deal in der Speicherstadt erzählte.

»Das Feedback aus Hamburg war sehr gut«, lobte mich der Kanzleichef. »Jetzt schauen wir mal, wie es mit dem neuen Klienten klappt.«

»Das ist ein dicker Fisch, nicht dass Sie sich daran verschlucken«, sagte sein Stellvertreter herablassend.

Der Chef runzelte die Stirn. »Stimmt. Wir sollten heute Abend alles bei einem Essen durchsprechen.«

Für ihn war es normal, dass es praktisch keinen Feierabend gab, kein Privatleben. Aber das war ich ja schon gewohnt.

»Selbstverständlich«, sagte ich. »Welche Uhrzeit?«

Der Chef klickte seine Agenda im Handy an.

»Um acht. Ich habe den ganzen Tag Termine. Acht Uhr im Lenny's. Können Sie das einrichten?«

Acht Uhr. Hotel Marina. Zimmer 212.

»Ich denke, ja.«

Es war elf Uhr morgens. Ich hatte noch genau neun Stunden Zeit. Zeit, eine Entscheidung zu treffen.

Mit steifen Schritten ging ich zurück in mein Büro, in dieses kalte Geviert aus hellgrauen Wänden, schwarzem Nadelfilz und Chrommöbeln. Mechanisch tippte ich auf den Laptop ein und aß ein paar Gummibärchen, mehr brachte ich nicht herunter.

Als mein Handy vibrierte, zuckte ich zusammen. Mit fliegenden Fingern klickte ich die Message an. Sie war nicht von *ihm*. Sie war von Sven.

»Komm gut durch den Tag. Heute Abend verwöhne ich dich. Kuss, Sven.«

Ich fühlte mich elend.

Während ich weiterarbeitete, zog sich meine Beckenmuskulatur zusammen. Mein Körper bebte, vollkommen unkontrollierbar. Etwas hatte mich angefixt. Ich war auf Entzug. Vielleicht einmal noch?, fragte ich mich, nur dieses eine Mal? Und dann ist für immer Schluss?

Die Tür zu meinem Büro stand offen. Ich sah den Chef vorbeigehen. Er hatte das Handy am Ohr und telefonierte.

»Andresen? Sind Sie vorgefahren? Gut. Ich bin gleich unten.«

Eine Gänsehaut überlief mich. Da unten wartete er. Der Mann, dem ich verfallen war.

Der Tag verging viel zu schnell. Oder viel zu langsam. Ich arbeitete das Dossier über den neuen Klienten durch. Ich telefonierte, beantwortete Mails. Das Mittagsessen ließ ich ausfallen. Schon der Gedanke an Essen verursachte mir Übelkeit.

Immer wieder sah ich zur Uhr. Es wurde drei Uhr, es wurde vier Uhr. Ich wusste nicht, was ich tun sollte. Um fünf Uhr bekam ich eine Mail: »Coachingangebot: Erfolgsorientiert handeln, effizient kommunizieren. Die Strategie der wertschätzenden Kommunikation.«

War es ein Zeichen? Jedenfalls kapitulierte ich.

Ich rief sofort an und vereinbarte einen Termin für die darauffolgende Woche. Dann schickte ich dem Kanzleichef eine Mail. Entschuldigte mich. Es gebe da ein Coaching an diesem Abend, das ich völlig vergessen hätte. Ich müsse unbedingt hingehen, hätte auch schon bezahlt.

»Dann morgen Mittag um eins«, mailte er zurück. »Aber Sie sollten sich gefälligst besser organisieren.«

Noch vor ein paar Tagen hätte ich mich über seinen Ton geärgert. Jetzt war es mir gleichgültig.

Um sechs verließ ich die Kanzlei. Ich holte meinen Wagen aus dem angrenzenden Parkhaus und musste an mich halten, um nicht mit Vollgas loszurasen. Auf dem Weg nach Hause machte ich einen Umweg und ging in ein Wäschegeschäft. Ich wollte *ihn* verblüffen, so wie er mich mit den Gummibärchen verblüfft hatte. Ihm gefallen, ihm zeigen, dass ich das Spiel verstanden hatte.

Unsicher stand ich vor einem Ständer mit schwarzen Korsagen, griff wahllos eine heraus. Die Verkäuferin brachte mir durchsichtige, schwarze Strümpfe und erklärte mir, wie man sie an den Strapsen befestigte.

Wie ahnungslos ich gewesen war. Normalerweise trug ich weiße, rosa oder hellblaue Schalen-BHs aus Baumwolle mit passenden Slips. Kinderwäsche. Ich wurde feucht, als ich in der Umkleidekabine die Korsage anprobierte. So nackt war ich noch nie gewesen. Zwischen Korsage und Strümpfen mein Venushügel, meine Vagina. Ich steckte einen Finger hinein. Endlich Frau.

Um sieben war ich zu Hause. Sven kam selten vor acht, neun Uhr. Dennoch schloss ich die Wohnungstür von innen ab. Ich wollte nicht überrascht werden. Im Schlafzimmer zog ich die Korsage und die Strümpfe an. Sofort ergriff die Erregung von mir Besitz. Langsam strich ich mit den Fingerspitzen über die Schalen der Korsage, schob meine Hand hinein, streichelte meine Brustwarzen, während meine andere Hand zur Scham wanderte.

Ich ließ mich auf das Bett fallen. Mit geschlossenen Augen presste ich meine Brüste zusammen, umkreiste mit dem Daumen der anderen Hand meinen Kitzler, dachte an seine Hände, die mich festhielten, die mich schlugen. Geile Sau. Diese beiden Worte genügten, wie eine heiße Welle kam der Orgasmus.

Benommen stand ich auf. Dann streifte ich ein schwarzes, ärmelloses Kleid über und wählte meine hochhackigsten Pumps aus. Mittlerweile zitterte ich vor Angst. Ich legte Sven einen Zettel hin, dass ich noch einen Termin hätte und dass es spät werden würde. Meine Hände waren kalt und schweißnass, als ich meinen Trenchcoat anzog.

Die Gegend war übel. Lagerhäuser, Industriebrachen, Fernfahrerkneipen. Dann sah ich den beleuchteten Schriftzug. »Hotel M rina.« Das A war kaputt. Die Fassade wirkte schrundig, die Fenster waren blind vor Schmutz.

Als das Taxi hielt, bekam ich eine SMS.

»Die Zimmerkarte liegt auf dem Müllcontainer links neben dem Hotel.«

Nachdem ich gezahlt hatte, lief ich hin. Tatsächlich lag dort eine Plastikkarte. Ich steckte sie in die Handtasche. Jeder Schritt war eine Überwindung. Was, wenn mir jemand gefolgt war? Wie sollte ich das erklären? Dieses Hotel? Diese Gegend? Noch konnte ich zurück, einfach nach Hause fahren, zu Sven. Mich zu ihm aufs Sofa kuscheln. Ganz einfach. Nein, unmöglich.

Die Lobby des Hotels wirkte schäbig. Fleckige Tapeten und ein durchgesessenes schwarzes Ledersofa, beleuchtet von einer surrenden Neonröhre. Ich schlich mich an der Rezeption vorbei. Der alte Mann dahinter trug einen schmierigen Jogginganzug und sah fern. Er musterte mich kurz aus schläfrigen Augen. Dann wandte er sich wieder dem Fernseher zu.

Während ich auf den Aufzug wartete, erschien mir alles absurd. Was tat ich hier?

Der Lift kam, und ich stieg hinein. Es war falsch, falsch, falsch. Ich drückte die Taste für den zweiten Stock. Der Flur dort war schummrig. Es roch ungelüftet, nach versifftem Teppichboden und verschwitzten Vertretern.

Zimmer 212. Ich schob die Karte in den Schlitz und öffnete die Tür. Drinnen brannte Licht, obwohl es draußen noch hell war. Auf dem Gitterbett aus Stahlrohr lagen schwarze Stoffstreifen. Er war also schon hier gewesen.

Das Zimmer war klein und nur mit dem Nötigsten möbliert. Schmutzigbraune Wände, ein billiger Kleiderschrank mit abgestoßenem Kunstholzfurnier, ein wackliger Stuhl.

Irritiert betrachtete ich die schwarzen Stoffstreifen. Was hatte er vor? Ich zog den Mantel aus. Setzte mich aufs

Bett. Überlegte, dass ich immer noch gehen konnte. Es klopfte. Zu spät.

Er trug seinen grauen Anzug. Er sagte kein Wort, sah mich nur an. Dann zog er mir das Kleid aus. Ihm gefiel, was er sah. Mit seinem Handrücken strich er über meine Korsage, über die Strapse, über die Strümpfe. Ich wand mich unter seinen Berührungen.

Er deutete aufs Bett, und ich legte mich darauf. Dann nahm er einen der Stoffstreifen und verband mir die Augen, wickelte weitere Streifen um meine Handgelenke. Ich spürte, wie er sie am Kopfteil des Betts festband. So, dass ich die Arme weit ausbreiten musste. Es war vollkommen still im Zimmer. Draußen fuhren donnernd Lastwagen vorbei.

Du bist wahnsinnig, dachte ich. Er fesselt dich. Warum lässt du das zu? Du kannst ihm nicht trauen. Du kennst ihn ja gar nicht. Was, wenn er geht und dich zurücklässt, gefesselt, mit verbundenen Augen? Sag ihm, er soll sofort damit aufhören. Sag es. Los.

»Ich … ich habe meine Tage.«

Er band eine Hand los. »Hol den Tampon raus.«

Ich tat, was er sagte. Er nahm mir den blutigen Tampon ab, kurz danach hörte ich die Toilettenspülung. Ob er sich vor mir ekelte? Die meisten Männer ekeln sich, wenn Frauen ihre Tage haben. Sven sowieso. Meine Nerven waren aufs Äußerste angespannt. Ich konnte nichts sehen, mich nicht bewegen. Angestrengt horchte ich.

Dann spürte ich, wie er sich aufs Bett setzte. Seine Hände prüften meine Fesseln.

Schuldbewusst sagte ich: »Tut mir leid, dass ich meine Tage habe. Stört es dich?«

Die Antwort kam sofort. Er spreizte meine Beine. Und dann geschah, womit ich am allerwenigsten gerechnet hatte: Er schob seine Zunge in meine blutende Fotze. Leckte mich und zog dabei mit den Fingern meine Schamlippen auseinander.

Ich stöhnte auf. Es war das Intimste, was ich je erlebt hatte. Kein Mann zuvor hatte das getan. Ich schluchzte auf. Er leckte mich, bis ich kam. Das Blut schoss durch meine Adern, in meinen Ohren rauschte es. Es war ganz anders als beim ersten Mal. In der ersten Nacht war ich betrunken gewesen, hatte alles nur wie durch einen Schleier wahrgenommen. Jetzt spürte ich ihn überdeutlich. Seinen Mund. Seine Hände. Seinen Geruch. Ich war bereit, ihm alles zu geben. Alles, bis zum letzten Atemzug.

Er nahm mir die Augenbinde ab.

»Ich will deine Augen sehen, wenn ich dich ficke.«

Er legte sich auf mich. Während er seinen Schwanz in mich reinschob, sahen wir uns an. Es war ein Augenfick. Ich stürzte in seinen Augen ab. Unsere Pupillen verschmolzen. Keine Grenze mehr. Kurz bevor ich kam, zog er seinen Schwanz raus. Er hockte sich rückwärts auf mich, sodass seine Eier mein Gesicht berührten.

»Nimm sie in den Mund.«

Ich lutschte an seinen Eiern. Glatt und weich lagen sie auf meiner Zunge. Er band eine Hand los und hockte sich dann wieder auf mich.

»Steck mir einen Finger in den Arsch.«

Wie war das? Undenkbar.

»Tu, was ich dir sage, geile Sau.«

Ich tat, was er sagte. Schob meinen Mittelfinger vorsichtig hinein. Ertastete etwas Hartes darin. Es ekelte mich nicht. Nichts würde mich jemals an ihm ekeln. So wie auch ich ihn nicht anekelte, obwohl ich meine Tage hatte. Nein, keine Grenze mehr.

Sven schlief schon, als ich neben ihn ins Bett glitt. Mein Körper glühte immer noch. Alles wird gut, sagte ich mir. Ich bin wieder da, wo ich hingehöre. Es ist erregend gewesen, es war Wahnsinn, jetzt ist Schluss. Ich bin ein gutes Mädchen. Und Sven ist ein guter Mann. Der Beste.

Am nächsten Morgen sehnte ich mich schon wieder nach *ihm*. Ich konnte nur noch daran denken, wann wir uns wiedersehen würden. Ich wollte ihn. Ich wollte, dass er tat, was er mit mir tat, wie kein anderer Mann zuvor.

Lange vor Sven stand ich auf und verließ die Wohnung. Keine Fragen, nicht heute. Die Fragen stellte ich mir selbst, als ich langsam zu meinem Wagen ging. Sie waren nicht neu. Sie waren uralt, doch für mich drängend. Ist eine Affäre moralisch verwerflich? Ist eheliche Treue unabdingbar? Oder ein Relikt spießiger Bürgerlichkeit? Ich war zu jung, um die Libertinage der Siebzigerjahre erlebt zu haben. Dieses »Wer zweimal mit derselben pennt …« hatte mich immer fasziniert. Insgeheim beneidete ich die Generation, die von sexueller Befreiung nicht nur geredet hatte.

Aber was ich tat, mit *ihm* tat, bedeutete nicht Befreiung, sondern Unterwerfung. Nicht mehr, nicht weniger. Ich lieferte mich einem Mann aus, bedingungsloser als irgendwelche bürgerlichen Gattinnen es jemals tun würden. Ich ließ mich herumkommandieren wie eine Sklavin. Erschrocken blieb ich stehen. O Gott. War ich das? Seine Sklavin? Ich, die selbstbewusste, emanzipierte Anwältin?

Nachdenklich stieg ich in meinen Wagen und ließ den Motor an. Der vorige Abend hatte mich an meine Grenzen gebracht und weit darüber hinaus. Ich war einem Menschen so nah gekommen, wie es normalerweise nicht vorstellbar war. Bestand darin das Geheimnis? War es diese schockierende Nähe? Gemessen daran war mein Verhältnis zu Sven geradezu distanziert.

Auf dem Weg zum Büro holte ich mir einen Kaffee in einer Bäckerei. Jetzt, wo ich in *seiner* Hand war, sah ich alles. In der Bäckerei das flüchtige Glück zweier Kinder, die ihren brutal aussehenden Vater nicht aus den Augen ließen. Spitze, blasse Kindergesichter, die mit hündischem Blick beobachteten, wie er ihnen zum Frühstück Cola und süßes Gebäck kaufte. Augen, die so nur leuchten können, wenn das Glück unverhofft eintrifft. Eine Sonntagslaune, der Alltag Gewalt.

Sollbruchstellen, wohin ich auch sah. Mittags, beim Essen mit dem Chef, fiel mir ein Paar am Nebentisch auf. Sie unförmig dick, er mager. Er drängte ihr gerade das zweite Dessert auf. Ihr Gesicht war aufgequollen. Sie aß ergeben, nicht aus Appetit. Sie schwitzte vor Anstrengung. Er war ein Feeder, mästete sie wie ein Schwein. Er wollte, dass sie zunahm, dass ihm immer mehr Fleisch zur Verfügung stand, das er durchficken konnte. Sie fügte sich. Er hatte sie in seiner Gewalt.

Ich schaute aus dem Fenster. Draußen, auf der anderen Straßenseite, sah ich einen Polizisten rauchen. Wie er die Zigarette hielt und beim Inhalieren zu Boden sah. Und, nicht zu vergessen, wie er die andere Hand in der Hosentasche hatte, hart an der Waffe. Die Hand bewegte sich auf und ab. Er dachte ans Ficken. Da, neben seinem Polizeiauto, am Rande einer Demo. Ich spürte es. Und ich spürte den Schmerz, als er wegfuhr.

DREI

Ich musste dringend mit jemandem reden. Aber mit wem? Sven kam natürlich nicht im Entferntesten in Betracht. Abgesehen davon, dass ich ihn betrogen hatte, war es zu schockierend, was ich tat. Schläge, Fesseln, Kot. Unterwerfung. Nie durfte er von meiner dunklen Seite erfahren.

Am darauffolgenden Tag rief ich Susanne an. Sie war meine engste Freundin, im Grunde genommen die einzige, die ich hatte. Kennengelernt hatten wir uns an der Uni. Suse, wie ich sie seit Studienzeiten nannte, war Single. Sie behauptete von sich, zur sexuellen Avantgarde zu gehören, und wenn es stimmte, was sie erzählte, war das zweifellos der Fall.

Suse hatte immer mehrere Liebhaber, auch jüngere, war ständig auf der Suche nach einem neuen Kick und sogar schon in Swingerclubs gewesen. Kichernd hatte sie mir ein paar Wochen zuvor ihr neues Brustwarzenpiercing gezeigt. Wenn es überhaupt einen Menschen gab, mit dem ich reden konnte, dann Suse.

Vor allem mochte ich ihre Herzlichkeit, ihren umwerfenden Humor. Manchmal gingen wir zusammen ins Kino und sahen uns »Mädchenfilme« an. Romantische Komödien made in Hollywood mit garantiertem Happy End. Aber eigentlich war es ganz egal, was wir unternahmen – Hauptsache, wir waren zusammen. Sie war meine Vertraute, meine Gefährtin und quasi meine Schwester.

Regelmäßig half ich ihr bei ihren vielen Umzügen, denn Suse war nicht nur in erotischer Hinsicht eine Nomadin, sondern auch was Jobs und Wohnungen betraf. Sechs ihrer Umzüge hatte ich schon mitgemacht, seither kannte ich jedes ihrer Bücher, jede einzelne Kaffeetasse. Zurzeit wohnte sie in Prenzlauer Berg und arbeitete in einer kleinen Computerfirma.

Wir hatten uns mittags in einem etwas zu teuren Restaurant am Gendarmenmarkt verabredet, das ich ausgewählt hatte, weil es abgetrennte Nischen gab, separiert durch leuchtende Paravents. Gespitzte Ohren am Nebentisch konnte ich nicht gebrauchen.

Ich schwankte zwischen Angst und Erleichterung, als Suse das Lokal betrat. Ihr kurz geschnittenes Haar leuchtete feuerrot, sie trug ein dunkelblaues, offenherzig ausgeschnittenes Wickelkleid und hochhackige Sandaletten. Ein paar männliche Gäste drehten sich nach ihr um, als sie sich mit wiegenden Hüften durch die Tische schlängelte.

Gemessen an ihr war ich eine graue Maus. Nicht besonders hübsch, nicht besonders kurvig, nie aufreizend angezogen. Was fand *er* an mir? Wie hatte er herausgefunden, was noch niemand zuvor in mir aufgespürt hatte? Waren es unsichtbare Schwingungen? Verräterische Gesten? Oder war es einfach der Instinkt eines Gebieters, der seine Dienerin erkennt?

Suse begrüßte mich mit zwei Wangenküssen.

»Hey, Schnecke, was ist passiert? Siehst ganz schön durch den Wind aus. Bist du etwa schwanger?«

Schwanger. Ich schluckte. Suse wusste, dass ich mir Kinder wünschte. Sie freute sich schon auf viele, viele Babys, wie sie stets betonte. Auch deshalb, weil sie selbst keine wollte. Nur die liebe Tante sein, die meine Kinder ab und an verwöhnte – Suse, die überzeugte Singlefrau.

Sie nahm mir gegenüber am Tisch Platz. Ich hatte mit meiner Beichte ein wenig warten wollen, doch ich war nicht fähig dazu. Es brach einfach aus mir heraus.

»Ich habe Sven betrogen.«

Wie elektrisiert starrte sie mich an. Dann fing sie an zu lachen.

»Und jetzt denkst du, dass dich ein tragisches Schicksal heimgesucht hat? Willkommen im echten Leben! Um die vierzig Prozent aller Leute gehen fremd, sagen die einschlägigen Studien.«

Ich spielte nervös mit dem Besteck. »Das sind nur Statistiken. Wenn man es selbst erlebt, ist es etwas anderes.«

»Wer ist er?«, fragte sie neugierig. »Ein Kollege?«

»Wenn man so will, ja.«

»Mehr Info«, forderte sie. »Wie sieht er aus? Wie alt ist er? Ist er gut im Bett?«

Fast bereute ich schon, dass ich Suse eingeweiht hatte. *Gut im Bett*, was für ein sinnloser Ausdruck. Er suggerierte, es gebe verlässliche Kriterien, Gütesiegel und Qualitätsmerkmale für zu erbringende Leistungen. Dabei ging es doch um Dinge, die so vage und rätselhaft waren, dass ich sie selbst nicht verstand.

Ich dachte an *ihn*. An den Fürsten der Finsternis. Wenn wir zusammen waren, war es, als ob unsere Körper sich unterhielten. Als ob sie Informationen austauschten, Gedanken übertrugen, sich entzweiten und wieder vereinten. Gab es das, eine Intelligenz der Körper?

»Hallo? Bist du noch da?«

Ungeduldig wartete Suse auf eine Antwort.

»Er erschüttert mich«, flüsterte ich. »Er stellt Dinge mit mir an, die ich nicht mal dir erzählen kann. Nur so viel: Er ist sehr dominant.«

Suse blieb der Mund offen stehen. Der Kellner kam, doch ich schickte ihn weg.

»Du meinst – SM?«, fragte sie fassungslos.

Auch so ein Begriff, der nicht passte.

»Trifft es nicht, ist aber wohl die Liga.«

»Wow«, sagte sie. Und dann noch einmal: »Wow.«

Ich wusste nicht mehr, was ich eigentlich erwartet hatte. Vorwürfe? Mitgefühl? Ermunterung?

»Ausgerechnet du«, sagte sie belustigt. »Die Brave, die immer fleißig gelernt hat. Die höhere Tochter, die ins Sinfoniekonzert geht. Hast du was nachzuholen?«

Resigniert stellte ich fest, dass es Geheimnisse gibt, die man nicht wirklich teilen kann. Auch wenn ich Suse jedes Detail geschildert hätte – die Magie all dessen ließ sich nicht vermitteln.

Zum Glück näherte sich wieder der Kellner. Wir bestellten zwei Gläser leichten Weißwein.

Suse stützte ihre Ellenbogen auf den Tisch und sah mich plötzlich ernst an.

»Weißt du, dass es Regeln für so was gibt?«

»Was für Regeln?«

Sie verdrehte die Augen. »Es kann saugefährlich werden, wenn du sie nicht kennst. Als Erstes musst du wissen, ob er sie überhaupt beherrscht. Habt ihr ausgemacht, wie weit er gehen darf?«

Ich war völlig entgeistert. Mit Verträgen kannte ich mich aus, das war schließlich mein Beruf. Doch es war unvorstellbar für mich, dass ich mit diesem Mann über irgendetwas diskutierte oder gar verhandelte. Es hätte den Bann gebrochen. Er befahl, und ich gehorchte. Das war die einzige Regel.

Ich schwieg, den Blick auf das weiße Tischtuch gerichtet. Noch nie hatte ich mich so allein gefühlt. Nein, ich konnte das, was mir widerfuhr, nicht mit jemand anderem teilen. Nicht einmal mit Suse.

Der Kellner brachte den Wein. Suse nahm einen großen Schluck und schüttelte missbilligend den Kopf. Dann breitete sie ihr Wissen aus. Dominance and Submission, Bondage and Discipline, Strappado, Hard Limits, Safewords, all das zählte sie auf, als ob sie gerade ein Lexikon konsultiert hätte.

Mir schwirrte der Kopf. Diese Wörter hatten nichts mit mir zu tun. Es war undenkbar für mich, in ein SM-Studio zu gehen. Ich wollte nicht von irgendjemandem unterworfen und gedemütigt werden, ich wollte, dass *er* es tat, nur er. Das war ein großer Unterschied. Der entscheidende Unterschied.

Als sie fertig war, nahm sie meine Hand.

»Es kann wunderbar sein, Süße. Nicht für mich, ich

habe es ausprobiert, ist nun mal nicht meins. Aber du musst höllisch aufpassen.«

»Suse«, sagte ich und fixierte mein Weinglas, »ich bin nicht Anhänger einer Szene geworden. Ich schmore auch nicht in irgendwelchen Folterkellern. Ich habe mich verknallt, na ja, ein bisschen jedenfalls.«

Ihre Augen flackerten auf. »Du liebe Güte, umso gefährlicher. Halt mich auf dem Laufenden, ja? Versprich es.«

Ich versprach es.

Nun berichtete sie von ihren neuesten Eskapaden. Vom Blowjob auf einer Restauranttoilette mit einem Kellner, von einem Dreier, zu dem einer ihrer Lover eine weitere Frau eingeladen hatte.

Für Suse war Sex immer eine Art Abenteuersport gewesen. Auch dafür mochte, ja, bewunderte ich sie, für diese Unbekümmertheit, mit der sie sich nahm, worauf sie Lust hatte. Moralische Bedenken waren ihr fremd. Bei Suse war mein Geheimnis gut aufgehoben. Obwohl sie in einem anderen Universum lebte, tat es gut, dass ich mich ihr offenbart hatte.

Wir hatten schon ausgetrunken und gezahlt, als sie noch einmal auf das Thema zurückkam.

»Nur für den Notfall – merk dir das gebräuchlichste Safeword. Man benutzt es in der SM-Szene, für den Fall, dass der devote Part an seine letzten Grenzen gekommen ist. Wenn es um Leben und Tod geht. Das Wort lautet *Gnade*.«

Er ließ mich eine ganze Woche warten. Einmal sah ich ihn kurz, als er etwas in der Kanzlei abholte. Er blickte nicht einmal in mein Büro, obwohl die Tür offen stand. Es tat körperlich weh. Nichtachtung ist die höchste Strafe, hatte er gesagt. Aber warum bestrafte er mich?

Verbissen stürzte ich mich in meine Arbeit, selten verließ ich die Kanzlei vor halb zehn Uhr abends. Meine chronischen Kopfschmerzen wurden stärker, manchmal hatte ich seltsame Ohrgeräusche.

Nachts fand ich keinen Schlaf. Fest drückte ich mein Gesicht ins Kissen, damit Sven mein Schluchzen nicht hörte. Mein Körper war hart und angespannt. Ich krümmte mich unter der Decke, vor Schmerz, vor Sehnsucht. Wenn ich im Bad onanierte, war es nicht wie sonst. Nur schal, ein blasser Widerschein.

Nach dieser schrecklichen Woche kam eine SMS. Es war eine Adresse, dazu Datum und Uhrzeit. Ich presste die Faust auf den Mund, um nicht zu schreien. Von einer Sekunde auf die andere hatte ich einen Schweißausbruch. Ich würde da sein. Was sonst.

Zwei Tage später fuhr ich zu der angegebenen Adresse. Es war neun Uhr abends. Ich hatte Sven von einer alten Freundin vorgeschwindelt, die gerade in der Stadt sei. Er hatte keinen Verdacht geschöpft, mir nur viel Spaß gewünscht.

Mein schlechtes Gewissen hatte ich damit beschwichtigt, dass ich Sven nichts wegnahm, was er jemals besessen hätte. Es war die andere Frau in mir, die hier aus dem Taxi stieg. Eine Frau, die Sven nicht kannte und die von Anfang an ohne ihn durch ihre geheimen Gärten gestreift war.

Letztlich wurde Sven gar nicht betrogen. Die Frau, die ihn liebte und die er liebte, gehörte nach wie vor ihm. Denn jene, die jetzt an einer unbekannten Adresse vor einem Haus stand, erregt von der Aussicht auf enthemmten, gewalttätigen Sex, hätte er niemals lieben können.

Das Haus war ein hässlicher Bau aus den Sechzigerjahren. Roher Beton, winzige Fenster. Übereinandergestapelte Kaninchenställe. Aber wo sollte ich klingeln? Auf keinem der Türschilder entdeckte ich *seinen* Namen. Ich sah genauer hin. Auf einem der Türschilder klebte ein Heftpflaster. Darauf standen mit Kugelschreiber gekritzelt die Buchstaben XXX. Ich klingelte, und die Tür sprang auf.

Das Treppenhaus starrte vor Schmutz und Müll. Verrostete Fahrräder lehnten an den Wänden, es stank nach Urin. Gab es irgendeine Stadt in der Welt, wo so hingebungsvoll in Hausflure gepinkelt wurde wie in Berlin? Langsam stieg ich die Treppen hinauf und spähte in die düster beleuchteten Flure. Im dritten Stock war eine Tür geöffnet. Ein schmaler Lichtstreifen fiel auf den schmutzigen Linoleumboden.

Meine Schritte hallten, als ich darauf zuging. Ich konnte kaum atmen. So sehr ich ihn sehen wollte, das hier ging über meine Kräfte. Und wieder dieses Schluchzen in meiner Kehle. Ich schluckte es runter. Dann schob ich die Tür auf.

Mit einer hastigen Bewegung zog er mich in die Wohnung und schloss die Tür. Kein Wort. Nur sein Griff, sein Mund, sein harter Schwanz unter dem Hosenstoff. Aus dem Augenwinkel sah ich mich um. Das Zimmer wirkte unbewohnt. Keine Bilder, keine Pflanzen, nichts Persönliches.

Ein Bett, ein Tisch, zwei Stühle, das war alles.

Er zerrte mich zum Bett. Drehte mich auf den Bauch. Presste mein Gesicht ins Kissen. Zog mein Becken zu sich heran und schob das Kleid bis zum Bauchnabel hoch. Mein Po war hoch aufgereckt. Ganz langsam zog er meinen Slip herunter.

Stille.

Eine Weile betrachtete er mich, das fühlte ich. Ich war feucht. Ich lief über.

Dann spürte ich den Strick. Er begann, mich zu fesseln. Fing an mit den Händen, fixierte sie auf dem Rücken. Spreizte meine Beine und band sie fest, indem er den Strick durch die Handfessel führte. Zog den Strick stramm. Ich stöhnte auf. Es tat weh.

Ich hörte, wie er sich auszog. Mit einem sirrenden Geräusch löste er den Gürtel aus seiner Hose. Bewegungslos verharrte ich in meiner unbequemen Stellung.

Der erste Schlag mit dem Gürtel traf mich völlig unvorbereitet. Ich zuckte zusammen. Jäh durchflammte der Schmerz meinen Körper. Wieder Stille. Er ließ mich warten. Seine Zunge an meinem Anus, dann der zweite Schlag.

Schritte, die sich entfernten. Das Quietschen einer Kühlschranktür. Ich hörte, wie eine Flüssigkeit eingegossen wurde. Er trank etwas. Ich hielt still. Dann Schritte, die sich näherten. Besinnungslos vor Begierde bewegte ich mein Becken.

»Geile Sau. Hast du gewichst in den letzten zwei Wochen?«

»Ja.«

»Wie oft?«

»Weiß nicht.«

»Du hast also ohne meine Erlaubnis gewichst.«

Drei Schläge – auf den Arsch, auf die Schenkel, auf den Rücken. Ich wimmerte. Er zog einen Stuhl heran, die Stuhlbeine schrammten über den Boden. Ich hörte ein rhythmisch schmatzendes Geräusch. Er wichste. Meine Fotze schmerzte, geschwollen vor Verlangen. Dann hörte ich Klickgeräusche.

»Sieh dir das an, geile Sau.«

Er hatte mir etwas neben das Kissen gelegt. Ich drehte den Kopf und öffnete die Augen. Starrte auf das Handyfoto. Versuchte zu begreifen, was ich sah, verschwommen erst, dann immer deutlicher. Mein weißes, verschnürtes Fleisch. Meine Fotze, rot wie eine Wunde.

Er stieß seinen Schwanz in mich hinein, ein paarmal nur, und ich kam. Der Orgasmus war so stark, dass mir schwarz vor Augen wurde.

Er zog den Schwanz raus und stieß ihn in meinen Arsch. Ich schrie auf. Noch nie hatte mich ein Mann in den Arsch gefickt. Der Schmerz machte mich halb ohnmächtig. Es war brutal. Aber nicht so brutal wie die gezielte Rücksichtslosigkeit, mit der er mich pfählte. Er vögelte hart. Er zerfetzte mich.

Ich hatte gehört, dass manche Männer den Anus mit Vaseline geschmeidig machen, wenn sie ihn ficken wollen. Er nicht. Er hatte nur daran geleckt. Nicht genug, um den Schmerz zu mildern.

Grob zog er meinen Kopf an den Haaren hoch. Dann

verband er mir die Augen und drehte mich um. Noch immer waren meine Hände auf dem Rücken gefesselt. Die Stricke scheuerten. Sein Schwanz in meinem Mund. Mit aller Kraft atmete ich seinen Geruch ein, diesen Geruch von Schwanz und Pisse und Schweiß und meinem eigenen Arschloch. Er vögelte so tief in meine Kehle, dass ich röchelte.

Und dann, dann, endlich, fand er wieder den Weg in meine Fotze, während er mit bloßen Händen auf mein Gesicht einschlug und seinen Schwanz in mich hineinprügelte, bis ich schrie und kam und noch mal kam und alles für ihn tun wollte und flehte, dass er nie wieder aufhörte.

Als es vorbei war, löste er die Stricke und nahm mir die Augenbinde ab. Er legte sich zu mir und umarmte mich. Tränen liefen über meine Wangen. Er küsste sie weg. Er streichelte mich. Er fuhr mit seinen Lippen über meine heiße Stirn. Dann stand er auf und kam mit einer Tube zurück.

»Was machst du?«, fragte ich.

»Das ist Heilsalbe.«

Er bestrich meine rot aufgescheuerte Haut mit der Salbe und auch mein geschundenes Arschloch. Zart, ganz zart und vorsichtig. Zum Abschied nahm er mein Gesicht in seine Hände und küsste mich sanft. Ich lehnte mich an ihn. Todmüde. Todglücklich.

Auf der Fahrt nach Hause konnte ich nicht richtig sitzen. Es brannte und pochte in meinem Po, dort, wo er seinen Schwanz in mich reingerammt hatte. Es war so demütigend. Aber er hatte das Recht dazu. Ich gehörte ihm. Er konnte mit mir tun und lassen, was er wollte.

Dann fiel mir das Foto ein. Siedend heiß. Das Handy hatte mehrmals geklickt. Was für Fotos hatte er noch gemacht? Konnte man mich darauf erkennen? Wollte er mich erpressen? Was, wenn er die Fotos meinem Chef zeigte? Oder Sven schickte? Ich war in die Falle getappt. Hatte mich ihm ausgeliefert. War es das, was er wollte?

Ich musste die Sache beenden, so schnell wie möglich. Beenden, abhaken, vergessen. Der Taxifahrer beobachtete mich im Rückspiegel. So wie *er*, bei der ersten Fahrt. Es schien Jahre her zu sein. Jetzt gab es eine neue Zeitrechnung, die Zeit vor ihm und die Zeit mit ihm. Aber die musste nun vorbei sein.

Ich redete mir gut zu, wie eine verständnisvolle Therapeutin. Du hast eine neue Erfahrung gemacht. Eine extravagante Erfahrung, zugegeben. Du weißt jetzt, was dich im Innersten erschüttert und deinen Körper in Ekstase versetzt.

Aber was fing ich mit diesem Wissen an?

Schuldgefühle beutelten mich, als ich eine halbe Stunde später zu Sven unter die Bettdecke schlüpfte. Er murmelte im Schlaf und wirkte so rührend, so rein, so unschuldig wie ein Kind. Am liebsten hätte ich ihm mütterlich übers Haar gestrichen, aber ich wollte ihn nicht aufwecken.

Schon seit längerer Zeit spürte ich den Wunsch nach einem Kind. Es sollte etwas geben, was die Liebe zwischen Sven und mir besiegelte, was uns fester aneinanderband. Etwas, was die Leere zwischen uns ausfüllte. Doch

Sven wollte noch eine Weile unabhängig bleiben. Zu viel Verantwortung, sagte er immer achselzuckend, wenn ich das Thema darauf brachte.

Würde mich ein Kind von der verzehrenden Krankheit heilen, die mich befallen hatte? Sagte man nicht, die Liebe zu einem Kind überstrahle alles, lasse alles andere unwichtig erscheinen? Sogar die heftigste Leidenschaft?

Ich nahm mein Kissen und legte mich auf die Couch im Wohnzimmer. Stellte den Fernseher an, um die Bilder zu vertreiben, die mit der Wucht einer Flutwelle auf mich einstürzten. Sie ließen sich nicht löschen. Vor allem nicht jene Bilder, die ich gar nicht gesehen hatte.

Szene für Szene rekonstruierte ich den Film, dessen Geräuschkulisse ich wahrgenommen hatte. Stellte mir *sein* Gesicht vor, als er mich von hinten betrachtete. Als er wichste. Als er zum Kühlschrank ging. Als er zurückkehrte. Als er auf mich einschlug. Als er mich in den Arsch fickte.

Ich berührte meine Fotze. Ich tauchte meine Finger in den Saft und bestrich damit mein wundes Arschloch, meine Schenkel, meinen Kitzler. Es dauerte nicht lange, bis ich kam.

Es war ein ungewöhnlich heißer Sommer. Ich vertrug die Klimaanlage im Büro nicht und arbeitete bei geöffnetem Fenster. Ich schwitzte. Der Schweiß lief mir in Rinnsalen zwischen den Brüsten herunter, die Bluse klebte auf meinem Rücken. Seit vier Tagen kein Lebenszeichen von ihm. Kein Anruf, keine SMS, nichts. Das Wartespiel.

Ich litt. Ich schickte ihm Nachrichten. »Wann sehen wir uns?« – »Geht es dir gut?«

Keine Antwort.

Vielleicht hat er genug von dir, dachte ich. Vielleicht braucht er eine neue Frau, einen neuen Kick. Er ist ein Jäger. Er will den immer neuen Kitzel, das Wild auszuspähen und zu erlegen. Ein gefangenes Tier ist uninteressant für den Jäger. Der Gedanke daran brachte mich fast um. Melde dich, flehte ich stumm. Sieh mich an. Berühre mich. Sonst existiere ich nicht.

Ich nahm eine Kopfschmerztablette. Schon länger fühlte ich mich wie gerädert von meinem schier endlosen Arbeitspensum, und das Warten machte es nicht besser. Gleich zwei neue Klienten hatte der Chef mir zugemutet, Berge von Akten mussten durchgesehen werden.

Die Sekretärin brachte mir die Post. Sie trug eines ihrer engen Kleider, ihr Mund war leuchtend rot geschminkt.

»Möchten Sie einen Kaffee?«, fragte sie.

»Ja, gern.«

Zögernd blieb sie vor mir stehen. »Sie müssen etwas essen. Soll ich Ihnen ein Sandwich holen?«

Ich zeigte auf meine Gummibärchentüte. »Nein danke, wirklich sehr nett, aber ich bin versorgt.«

Sie seufzte. »Das ist nicht normal, wie viel Sie arbeiten. Spannen Sie denn wenigstens am Wochenende mal aus?«

»Ein bisschen«, antwortete ich. »Aber Sie kennen ja den Chef. Rund um die Uhr schreibt er mir Mails, und sogar am Wochenende muss ich ans Handy gehen. Twentyfourseven.«

Sie drohte mir schelmisch mit dem Finger.

»Nicht das Leben vergessen, ja?«

Das Leben? Ich lächelte ihr müde zu.

»Danke für den Tipp.«

Dann machte ich mich an den Poststapel. Zwischen den üblichen Briefen und Prospekten lag ein wattierter Umschlag. Kein Absender. Als ich den Umschlag öffnete, fand ich eine schwarze Latexunterhose darin. Dazu einen Zettel. Ich solle das Ding eine Woche lang tragen, auch nachts. Waschen dürfe ich mich nicht.

Ich ging sofort zur Toilette, zog meinen Slip aus und die Latexhose an. Es dauerte eine Weile. Sie war eng. Viel zu eng. Als ich fertig war, fühlte ich mich wie ein eingeschweißtes Stück Fleisch. Die Hose reichte bis zum Bauchnabel und schnitt an den Rändern tief in meine Haut ein. Sie zu tragen, würde eine Qual sein bei der Hitze.

Doch ich trug sie. Ich trug sie fortan am Tag und in der Nacht. Ich spürte sie, wenn ich in einer Konferenz saß, wenn ich mit Klienten verhandelte, wenn ich einkaufen ging und wenn ich im Bett lag. Selbst wenn ich zur Toilette ging, zog ich sie nicht aus, sondern zerrte sie nur im Schritt ein Stück zur Seite.

Ich war ein braves Mädchen. Ich durfte ihn nicht enttäuschen. Ich war jetzt immer feucht. Und ich schwitzte unter dem engen Latex wie ein Tier.

Sven stand im Badezimmer und putzte sich die Zähne. Der schaumige Klecks aus Zahnpasta und Speichel, den er ins Waschbecken spuckte, ekelte mich. Wäre es von *ihm* gewesen, hätte ich es aufgeleckt.

Aufmerksam betrachtete Sven mich im Spiegel.

»Hast du viel zu tun?«

»Ist stressig momentan in der Kanzlei«, antwortete ich. »Viele neue Klienten.«

Die Latexhose klebte auf meiner Haut. Nachts trug ich jetzt übergroße T-Shirts, die bis zu den Knien reichten, damit Sven nichts merkte. An ehelichen Sex war natürlich nicht zu denken.

»Ach so.« Wieder spuckte er aus. »Dachte ich mir schon. Du bist so – komisch.«

Mechanisch kämmte ich mir das Haar.

»Ach, das geht vorüber. Ich arbeite momentan zu viel, habe ständig Kopfschmerzen, das ist alles.«

Ich sah ihm zu, wie er sich rasierte. Mit den immer gleichen Bewegungen führte er die Klinge über seine Wangen, über das Kinn, hinunter zum Halsansatz. Er sah wirklich gut aus. Obwohl er Ende dreißig war, wurde er meist ein paar Jahre jünger geschätzt. Das mochte ich an ihm, dieses Jungenhafte.

Ein Gefühl der Zärtlichkeit übermannte mich. Ich wollte ihn so gern lieben, noch mehr lieben, richtig lieben. Sven war wunderbar. Egal was ich sonst noch so trieb, ich wollte mit ihm zusammenbleiben.

Suse, mit der ich ein paarmal telefoniert hatte, meinte ohnehin, ich mache nur eine Phase durch. Das sei ganz normal nach einigen Jahren Ehe. Man könne an einer Beziehung arbeiten, davon sei sie überzeugt. Dabei hielt sie selbst nichts von festen Beziehungen. Ich deutete ihre Bemerkung als Hinweis darauf, dass sie sich ernsthaft um mich sorgte.

»Sag mal, Sven«, sagte ich zögernd, »findest du nicht, wir sollten mal über Kinder reden?«

Er ließ den Rasierer sinken. »Reden ja, machen nein. Haben wir nicht entschieden, dass wir noch warten?«

»Du hast das entschieden, nicht ich. Ich bin dreiunddreißig. Irgendwann wird es zu spät sein.«

Sven grimassierte in den Spiegel. Es war nicht zu sagen, ob er nach übersehenen Bartstoppeln suchte oder ob er damit seinen Missmut zum Ausdruck brachte.

»Ich bin noch nicht bereit dafür«, erklärte er. »Alle unsere Freunde, die kleine Kinder haben, gehen durch die Hölle. Nachts gibt es keinen Schlaf, alles dreht sich nur noch um Windeln und Babyscheiße, und das Thema Sex ist durch. Willst du das?«

»Ich will ein Kind. Das andere geht doch vorbei.«

Er sah mich an, mit diesem verschmitzten Lächeln, das ich so liebte. Früher hätte man es ein Lausbubengesicht genannt.

»Du bist auch in ein paar Jahren noch nicht zu alt für ein Kind«, sagte er grinsend, »aber ich werde vermutlich immer zu jung dafür sein.«

Ich erstarrte. Kein Kind? Niemals?

»Du willst nicht erwachsen werden!«, rief ich. »Und dafür opferst du die schöne Idee, dass zwei Menschen ihre Liebe mit einem gemeinsamen Kind krönen?«

»Oha, nicht so pathetisch bitte«, erwiderte er, immer noch grinsend. »Ich habe alles, was ich brauche, nämlich dich.«

Er versuchte, mich zu küssen, aber ich drehte den Kopf weg. Er streichelte meinen Nacken, ließ seine Hände tiefer gleiten. Ich machte mich von ihm los. Er durfte nicht die Latexhose entdecken, verdammt. Schmollend stand er vor mir.

»Sei nicht sauer. Lass uns noch mal ins Bett gehen und üben, für unsere Kinder.«

Ich gab Unterleibsschmerzen vor und versprach ihm, zum Arzt zu gehen. Doch er war verstimmt. Eilig zog er sich an und verließ ohne Frühstück die Wohnung. Als er weg war, fing ich an zu weinen. Liebte er mich überhaupt, wenn er kein Kind von mir wollte?

VIER

Eine Woche später kam die erlösende SMS. Dieselbe Adresse. Neun Uhr, am selben Abend. Ich erzählte Sven, dass ich ein Coaching hätte. Solche Fortbildungen seien wichtig für mich. Das leuchtete ihm ein. Wenn es um meine Karriere ging, unterstützte er mich. Oder hoffte er, dass ich mir den Kinderwunsch aus dem Kopf schlug, wenn ich mich weiter hocharbeitete?

Schon um halb acht verließ ich die Wohnung. Die Wäschefrage hatte sich schnell geklärt. Ich trug nur die Latexhose unter meinem Sommerkleid. Keinen BH. Keine Strumpfhose. Sonst wäre ich vor Hitze explodiert. Diesmal nahm ich kein Taxi, sondern das Auto. Ziellos fuhr ich durch die Stadt. Warum lenkte ich den Wagen nicht einfach zur Autobahn und flüchtete irgendwohin?

In einer dunklen Eckkneipe kippte ich zwei Wodka. Das Lokal war ein düsteres, stinkendes Loch mit schwarzen Holzpaneelen und trüben Porzellanlampen. Kraftlos lehnte ich mich an den Tresen. Betrachtete die Männer in ihren speckigen Hemden, die Frauen, die laut lachten.

Der Wirt gab mir einen aus.

»Na, müssen sich wohl Mut antrinken.«

Er sah es mir an. Meine Furcht. Meine Panik. Und dass ich zu allem bereit war.

Um neun Uhr stand ich vor den Kaninchenställen. Mein Kleid hatte Schweißränder unter den Achseln, die Latexhose schnürte mich ein. Zwischen meinen Beinen war alles nass. Schweiß, Erregung, Angst. Das Blut hämmerte in meinen Schläfen. Dann klingelte ich.

Ich stürzte die Treppen hinauf. Warf mich in seine Arme. Barg mein Gesicht an seinem Hals wie ein kleines Mädchen, das sich im Wald verirrt hat und Zuflucht sucht. Doch er stieß mich von sich. Seine Stimme klang streng.

»Hast du die Hose getragen?«

»Ja.«

»Immer?«

»Ja.«

»Gutes Mädchen. Leg dich aufs Bett.«

Er schob das Kleid hoch und zerrte mir die Latexhose über die Beine. Dann leckte er so lange den schweißigen Fischgeruch aus meiner Fotze, bis ich mich heiser geschrieen hatte und seinen Mund überschwemmte. Als er mich küsste, schmeckte ich das schlammige Aroma von Schweiß und Pisse und Speichel und ungewaschener Fotze.

Später fragte ich ihn, was das für eine Wohnung sei. Die gehöre einem Freund, antwortete er. Es sei eine Fickwohnung, ich solle keine Fragen stellen. Und nie, nie wieder solle ich ohne Strümpfe zu ihm kommen. Aber es sei doch so furchtbar heiß, sagte ich. Nie wieder ohne Strümpfe, befahl er. Halterlos oder Strapse. Und keine Kniestrümpfe. Die seien verboten.

»Ja«, sagte ich, »verstanden.«

»Du weißt, dass ich dich bestrafen muss.«

»Wegen der Strümpfe?«

»Ja.«

Er prügelte mich mit einer Inbrunst, die an Hingabe grenzte. Ich hatte es verdient.

»Am Donnerstag haben Sie ein Meeting in Frankfurt. Mit Übernachtung auf Freitag. Wollen Sie fliegen oder den Wagen nehmen?«

Mit verschränkten Armen stand der Chef vor meinem Schreibtisch. Eine Nacht. Eine ganze Nacht mit *ihm*. Meine Kehle verengte sich, und ich musste mich räuspern.

»Lieber den Wagen. Da kann ich besser Unterlagen durcharbeiten.«

»Gut, ich sage Andresen Bescheid.«

Damit ging er. Ich schlug die Hände vors Gesicht. Eine ganze Nacht. Ich wagte kaum zu atmen.

In der Nacht von Mittwoch auf Donnerstag konnte ich nicht schlafen. Stocksteif lag ich im Bett und lauschte auf die nächtlichen Geräusche des Hinterhofs. Wegen der Hitze waren überall die Fenster geöffnet. Man hörte leises Musikgedudel, das Geklapper von Geschirr, hin und wieder ein Lachen, einen Schrei.

Ein Leben ohne *ihn* war nicht mehr vorstellbar. Vor ihm hatte ich gar nicht gelebt. Nur dahinvegetiert. Wie jene Agenten, die man als Schläfer bezeichnet. Jahrelang führen sie ein unauffälliges Leben, bis der Ruf sie erreicht. Dann erwachen sie. Ich war aufgewacht. Ich wollte nie wieder einschlafen.

Als es dämmerte, stand ich auf und packte. Inzwischen besaß ich eine ganze Sammlung ausgefallener Wäsche, die ich in einer Plastiktüte unter der Küchenspüle versteckt hielt. Sven kümmerte sich nie um Haushaltsdinge, das Risiko, dass er die Tüte entdeckte, war gleich null.

Ich warf alles in die Reisetasche. Dann duschte ich und zog halterlose Strümpfe an, obwohl es über dreißig Grad werden sollte. Dazu ein graues Kostüm und eine weiße Seidenbluse mit Schleife. So, wie es ihn geil machte. Er mochte es, wenn ich möglichst korrekt gekleidet war.

Bevor ich ging, legte ich Sven einen Zettel hin, dass ich mich von Frankfurt aus melden würde. Und viele Grüße und bis morgen.

Er holte mich ab. Als er aus dem Wagen stieg, hielt ich unwillkürlich die Luft an. Das war der Mann, dem ich gehörte. Dieser große, auf leicht brutale Weise gut aussehende Mann mit dem kurzen dunklen Haar. Dieser Mann mit den türkisfarbenen Augen und der nie versiegenden Begierde unter dem grauen Anzug.

Ich gab ihm meine Reisetasche. Ein Déjà-vu. Er hielt mir die Beifahrertür auf und warf die Tasche in den Fond. Meine Beine zitterten, als ich mich auf den Sitz fallen ließ.

Während der Fahrt war er wie verwandelt. Der Fürst der Finsternis zeigte seine Tagseite, die ich noch nicht kannte. Er gab den heiteren Plauderer, erzählte Anekdoten über den Kanzleichef, mokierte sich über dessen Frau, die er auf ihren Shoppingtouren begleiten musste. Wir lachten, ja, wir lachten. Als gäbe es die Nachtseite nicht. Als wären wir ein ganz normales Liebespaar. So wohl hatte ich mich lange nicht gefühlt. So glücklich.

Er machte mir Komplimente, und ich staunte, wie charmant er sein konnte, wie liebenswert, wie aufmerksam. Er hatte Mineralwasser mitgenommen, das er mir reichte, und auch an Gummibärchen gedacht. Währenddessen legte er CDs ein. Chet Baker, Astrud Gilberto, sanfte, zärtliche Musik.

Seine gute Laune ermutigte mich. Zum ersten Mal traute ich mich, ihn über sein Leben zu befragen. Sofort verdüsterten sich seine Gesichtszüge, und er presste die Lippen aufeinander. Immerhin erfuhr ich, dass er seine Mutter hasste. Seit Jahren habe er keinen Kontakt mehr zu ihr. Und dass sein Vater ein Hallodri gewesen sei, der die gesamte Familie sexuell benutzt hätte, abgesehen von den Schlägen, die es täglich gehagelt habe.

Wir schwiegen eine Weile. Dann begann er, meine Schenkel zu streicheln, im Rhythmus der Musik. Ich legte eine Hand auf seine Hose und massierte durch den Stoff seinen Schwanz. Wenig später hielt er auf einem Autobahnparkplatz. Er verstellte seinen Sitz nach hinten.

»Steig aus. Komm zu mir rüber.«

Ich tat, was er sagte. Als ich die Fahrertür öffnete, hatte er schon seinen steifen Schwanz rausgeholt. Mir gingen die Augen über. Ich konnte mich nicht an diesen Anblick gewöhnen, jedes Mal war ich überwältigt. Er hatte einfach einen wunderschönen Schwanz.

In meiner Experimentierphase hatte ich ganz anderes kennengelernt. Kurze, gedrungene Schwänze mit konisch zulaufenden Eicheln und lappiger, an der Spitze gekräuselter Vorhaut. Lange, dünne Schwänze, die unangenehm an Spargel erinnerten. Rötlich gefärbte Schwänze mit dicken, hervortretenden Adern.

Jetzt, im Tageslicht, konnte ich seinen Schwanz genauer betrachten als in den Nächten zuvor. Er hatte dieselbe Farbe wie sein übriger Körper, diesen zarten Olivton, den ich vergötterte, auch deshalb, weil ich selbst so bleich war. Straff wölbte sich die Vorhaut über eine zartviolette, samtene Eichel. Ich hatte größere, dickere Schwänze gesehen, doch dieser war so perfekt, so schön, als hätte ein Künstler ihn geformt.

Erregt zog ich meinen Slip zur Seite und hockte mich darauf. Als er in mich eindrang, schrie ich auf. Seit Tagen hatte ich diesem Moment entgegengefiebert. Leute gingen vorbei, starrten neugierig in den Wagen. Es war mir egal. Nein, es erregte mich.

Er öffnete meine Bluse und holte meine Brüste heraus. Leckte und knetete sie, während ich mich immer schneller auf ihm bewegte. Ich hielt mich an seiner Rückenlehne fest. Meine Knie stießen hart an die Plastikverschalungen neben dem Sitz. Es tat weh. Ich wollte es so.

Seine Hände umfassten meinen Arsch. Er steckte einen Finger in mein Arschloch.

»Wichs deine Fotze. Ich will dir dabei zusehen.«

Ich rieb mit einer Hand meinen Kitzler, mit der anderen hielt ich mich weiter fest. Sein Finger bohrte sich tiefer in mein Arschloch. Sein Schwanz wurde härter.

»Geile Sau. Woran denkst du, wenn du es dir machst?«

»An dich«, ächzte ich.

»Woran genau?«

Er sah mir ins Gesicht. Unsere Blicke trafen sich, und wieder war es so, als würden unsere Pupillen verschmelzen.

»Wie du mich fickst. Wie du mich schlägst. Wie du in mein Arschloch vögelst.«

»Denkst du auch an andere Männer?«

Mein Becken bewegte sich wie eine Maschine.

»Nein.«

»Das solltest du aber.«

Wir kamen gleichzeitig. Zuckend lag ich auf ihm, mit heißen Wangen, schweißüberströmt. Andere Männer?

Der Nachmittag in Frankfurt verging mit endlosen Verhandlungen. Das anschließende Abendessen mit den Klienten zog nur undeutlich an mir vorbei. Die Gesichter verschwammen, die Gespräche vermischten sich zu unverständlichem Gemurmel.

Ich trank einen schweren Rotwein und spürte meine feuchte Fotze auf dem gepolsterten Stuhl. Ich trug kein Höschen.

Um halb elf war das Essen endlich vorbei. Schon auf der Fahrt zum Hotel riss er mit einer Hand meine Bluse auf. Ein paar Knöpfe sprangen ab.

»Zeig mir deine Titten. Sofort.«

Ich holte sie raus.

»Fass sie an.«

Ich rieb und knetete sie. Es war, als ob er es tat, weil er mir dabei zusah. Ich leckte an meinen Fingern und fuhr damit über meine Brustwarzen, bis sie feucht glänzten.

Nachdem er den Wagen geparkt hatte, schloss er meine Kostümjacke über den nackten Brüsten. Er brachte mich zum Zimmer und blieb davor stehen.

»Soll ich gehen?«

Das konnte nicht sein Ernst sein.

»Nein, bitte nicht.«

Er sah mich forschend an. »Sag es.«

»Was?«

»Dass du es willst.«

»Ich will es. Bitte, bitte, fick mich.«

Er griff mir unter den Rock. Feucht. So ist es gut, sagte sein Blick.

Ich schloss die Tür auf, und er führte mich auf den Balkon des Hotelzimmers, das zum Hinterhof hin lag. Es war ein warmer Sommerabend, überall saßen Leute auf den Balkonen. Man hörte ihre Stimmen, das Klirren von Gläsern.

Er holte zwei Stühle aus dem Zimmer nach draußen. Wir setzten uns dicht gegenüber. Dann stand er noch einmal auf und holte aus der Minibar eine Flasche Wein, aus der wir abwechselnd tranken.

»Zieh die Bluse aus.«

Ungläubig sah ich ihn an.

»Was? Hier?«

»Zieh die Bluse aus. Und den BH.«

Ich tat, was er sagte. Mit nacktem Oberkörper saß ich da. Es war Nacht, doch das Licht aus den vielen erleuchteten Fenstern ringsum war hell genug, dass man uns sehen konnte. Auch die beiden Männer auf dem Nachbarbalkon sahen zu uns herüber. Zwei durchschnittlich aussehende Typen in Anzughosen und Oberhemden, die sich leise unterhielten.

»Mach die Beine breit.«

Ich spreizte die Schenkel. Mein Rock rutschte hoch. Er öffnete seine Hose und holte seinen Schwanz raus. Er steckte den Flaschenhals in meine Fotze, während er mit der anderen Hand seinen Schwanz wichste. Die beiden Männer auf dem Nachbarbalkon verstummten.

»Fass deine Titten an.«

Ich presste meine Brüste zusammen und umkreiste mit den Daumen die Brustwarzen, bis sie sich steif aufrichteten. Die beiden Männer sahen gebannt zu.

»Steh auf.«

Er lehnte mich an das Balkongitter, so, dass ich ihm den Rücken zukehrte. Er stieß die Flasche tiefer in meine Fotze. Dann schob er mir seinen Schwanz in den Arsch. Er füllte meine beiden Löcher. Ich bestand nur noch aus geilem, nassem Fleisch. Blicklos starrte ich in die Tiefe. Meine Hände umklammerten das Gitter. Alle konnten zusehen, wie er mich durchfickte. Seine Bewegungen wurden langsamer.

»Hör nicht auf«, winselte ich.

Sofort zog er seinen Schwanz aus meinem Arsch und die Flasche aus meiner Fotze. Dann drehte er mich um.

»Stell ein Bein auf den Stuhl.«

Die Männer nebenan öffneten ihre Hosen. Mit irrwitziger Geschwindigkeit wichsten sie drauflos.

Er drang in mich ein, während ich mich am Gitter abstützte. Unsere Schenkel machten ein klatschendes Geräusch. Schließlich zog er seinen nassen, glänzenden

Schwanz heraus und spritzte auf meine Brüste, während ich mich rieb und am ganzen Körper bebend kam.

»Du wirst jetzt öfter Dienstreisen machen«, raunte er mir ins Ohr.

Am Freitagabend zögerte ich, bevor ich die Wohnungstür aufschloss. Die Rückkehr war immer das Schlimmste. Die Rückkehr in das Leben, das sich richtig anfühlte. Warum existierten diese beiden Frauen in mir, wie Parodien auf Dr. Jekyll und Mr. Hyde? Warum gab es Gut und Böse, Schwarz und Weiß in einem Körper? War es ein Fluch?

Oder gab es die zwei Frauen gar nicht mehr? Waren sie zu einem, zu *seinem* Geschöpf verschmolzen? Hatte er mich verwandelt? Diese Möglichkeit erschreckte mich. So wollte ich es nicht. Im Kern wollte ich die liebevolle Ehefrau sein, die pflichtbewusste Anwältin, die hilfsbereite Freundin. Ich wollte das Dunkel nicht, ich liebte das Licht.

Bewegungslos stand ich auf dem Hausflur. Einatmen, ausatmen. So, als sei nichts gewesen. Einfach gleich drauflosreden, nicht zu hektisch, nicht zu distanziert. Ja, die Reise war erfolgreich. Ja, die Klienten waren okay. Das Hotelzimmer nichts Besonderes. Immerhin mit Balkon. So ähnlich.

Aber es ging nicht. Als ich den Schlüssel im Schloss umdrehte, war es, als trüge ich Säcke auf den Schultern. Leise schlich ich zum Schlafzimmer. Sven lag im Bett und sah fern, sein Laptop ruhte auf den Knien.

»Hallo, Hase. Wie war's?«

»Okay.«

Ich schwieg, während ich mich auszog. Unter dem Kostüm trug ich meine Kinderwäsche, die ich mir an einer Autobahnraststätte angezogen hatte. Nachdem *er* mich auf der Herrentoilette im Stehen von hinten durchgevögelt hatte. Die schwarzen halterlosen Strümpfe hatte ich schon im Flur ausgezogen und in meine Handtasche gestopft.

»Warum hast du nicht angerufen?«, fragte Sven.

Weil ich an einem Ort gewesen bin, von wo aus man nicht zu Hause anrufen kann.

»Entschuldige, ich war todmüde.«

Im Badezimmer checkte ich meinen Körper. Keine blauen Flecke, keine Striemen diesmal. Nur dieser veränderte Blick im Spiegel. Die fiebrigen Augen. Die aufgesprungenen Lippen. Ich hatte keine zwei Stunden geschlafen in der Nacht zuvor.

In meinen Schläfen hämmerte es. Ich nahm eine Tablette, zog ein weit ausgeschnittenes Nachthemd an und ging zurück ins Schlafzimmer. Sven klappte seinen Laptop zu.

»Du siehst heiß aus.«

Ich kroch zu ihm ins Bett.

»Bin ich auch.«

Wir schliefen miteinander. Ich tat es weder aus schlechtem Gewissen, noch weil ich Lust darauf hatte. Ich tat es, weil *er* es mir beim Abschied befohlen hatte. Weil es ihn geil machte. Weil er es so wollte. Er wollte, dass ich mit anderen Männern fickte.

Danach drehte sich Sven zur Seite und schlief sofort ein.

Hellwach lag ich neben ihm und betrachtete im Halbdunkel sein entspanntes Gesicht.

Kennengelernt hatten wir uns bei einem Kongress. Sven war mir gleich aufgefallen, weil er so strahlend wirkte, so selbstsicher. Er war charmant gewesen, hatte mir Komplimente gemacht, geflirtet. Er brachte mich zum Lachen. Von Anfang an hatte ich gewusst, dass dies der Mann war, mit dem ich alt werden wollte.

Wir passten zusammen, als hätten wir unsere Daten vorher in einem Flirtportal abgeglichen. Sein Vater war Chirurg gewesen, meiner Rechtsanwalt. Ich kleidete mich wie eine höhere Tochter, er wie ein Sohn aus gutem Hause. Wir standen beide auf klassische Musik, italienische Möbel und asiatisches Essen, lasen dieselbe sich intellektuell gebärdende Wochenzeitung und fanden Kanu-Rafting in Kanada spannender als Pauschalreisen nach Mallorca.

Je mehr Gemeinsamkeiten wir feststellten, desto überzeugter waren wir, dass wir zusammenbleiben wollten. Natürlich waren auch Gefühle im Spiel. Keine Himmelsstürme, keine glühende Leidenschaft, aber angenehme Gefühle. Sie wuchsen mit unserer Vertrautheit. Eines Tages waren wir sicher, dass es Liebe sei.

Sven war äußerst gut aussehend. Regelmäßige Züge, von der Sonne gebleichtes Haar, hellbraune, blitzende Augen. Meine Mutter schwärmte von seinem Lachen, mein Vater von seinem klugen Blick, was immer das bedeuten mochte, und ich schwärmte von seinen Grübchen und seiner Leichtigkeit.

Dann kamen meine Eltern bei einem Autounfall ums Leben. Es war ein Schock, der mich völlig aus der Bahn warf. Ich fühlte mich wie aus dem Nest gefallen, einsam und orientierungslos. Ja, ich haderte sogar mit meinen Eltern, dass sie mich auf diese Weise verlassen hatten. Obwohl ich bereits eine erwachsene Frau war, als sie starben, war meine Kindheit erst am Tag des Unfalls endgültig vorbei. Sie fehlten mir. Ihre Güte fehlte mir, ihre Aufmerksamkeit, auch ihre Strenge.

Sven wich nicht von meiner Seite. Er hatte zwei Jahre zuvor seinen Vater verloren und konnte nachempfinden, was ich fühlte. Gemeinsam trauerten wir, gemeinsam organisierten wir die Beerdigung. Danach fuhren wir in Urlaub. Wir mieteten ein Strandhaus in Long Island und gingen stundenlang am Meer spazieren. Am letzten Urlaubstag machte Sven mir einen Heiratsantrag. Ich sagte sofort Ja.

Nach der Hochzeit bezogen wir eine gemeinsame Wohnung. Sie lag an der Friedrichstraße, in einem der neuen, unpersönlichen Gebäude, die gerade in Berlin-Mitte hochgezogen wurden. Zusammen mit Svens Mutter, die Innenarchitektin war, richteten wir das Apartment ein – wenige Möbel, italienisches Design. Mir war es etwas zu kühl. In meinem kleinen Arbeitszimmer strich ich die Wände gelb, kaufte einen rotgelb karierten Ohrensessel, spanische Vintagemöbel und hängte Familienfotos auf.

Sven fand das kitschig. Doch ich brauchte diese Wohnhöhle, um mich zu wärmen. Es dauerte lange, bis ich begriff, warum ich fror. Mein Mann war witzig, unkompliziert und stets guter Laune. Doch seine Gabe, mir Nähe zu schenken, wie er es nach dem Tod meiner Eltern getan hatte, zeigte er nie wieder.

Wir arbeiteten viel. Eigentlich zu viel. Enge Freunde hatten wir nicht, bis auf Suse, mit der ich mich aber nur alleine traf. Sven mochte sie nicht besonders. Sie war ihm zu ausgeflippt, zu wenig seriös. Wir hatten gute Bekannte, mit denen wir manchmal essen gingen, in einem der Hochglanzrestaurants, wo man nur einen Tisch bekommt, wenn man den Wirt kennt.

An den Wochenenden spielte Sven Golf, ich ging lieber ins Kino. In bestimmten Kinos liefen sonntagnachmittags alte Filme. Filme, die einem das Herz zerreißen. Ich weinte gern im Kino. Wenn ich dann wieder ins Tageslicht trat, war es, als ob ich die Wirklichkeit verlassen müsste. Die Kinonachmittage waren ganz für mich allein bestimmt. Für Suse waren solche Filme nichts, und Sven hatte sich rundheraus geweigert, mich zu begleiten. Ihn langweilten große Gefühle.

Die Sonntagabende verbrachten wir zu Hause. Dann bestellten wir Sushi beim Lieferservice und redeten über unsere Jobs, über die Karriere. Das Thema Familie vermieden wir immer häufiger. Ich war bei der Heirat selbstverständlich davon ausgegangen, dass wir Eltern werden würden. Seit dem Gespräch im Badezimmer machte Sven keinen Hehl mehr daraus, dass er Kinder nicht ausstehen konnte. Für ihn war die Diskussion beendet. Ich wusste nicht mehr, wie mein Leben weitergehen sollte.

Drei Tage später bekam ich eine neue Anweisung. Eigentlich war es nur eine Andeutung. Doch ich verstand die Stimme meines Herrn. *My master's voice*. Das Maß aller Dinge. Er schickte mir ein Scheuertuch, sorgfältig in Geschenkpapier verpackt. Ich wusste sofort, was er wollte. Er wollte seine Mutter ficken. Seine Mutter, die er so sehr hasste.

In einem Wäscheladen für ältere Damen kaufte ich ein fleischfarbenes Mieder. Der harte Stoff scheuerte auf meiner Haut. Dazu wählte ich grobe, hautfarbene Strümpfe. In einem Kaufhaus erstand ich einen Hausfrauenkittel. Geblümt. Zu Hause zog ich alles an und betrachtete mich im Spiegel. Die Veränderung war erschreckend.

Als er mich am selben Abend in diesem Aufzug sah, verzerrte sich sein Gesicht. Wortlos nahm er mir das Scheuertuch ab und hielt es im Badezimmer unter laufendes Wasser. Dann kehrte er mit dem triefenden Tuch zurück.

»Mach den Boden sauber, Schlampe.«

Er war außer sich vor Geilheit. Er trieb mich durch die ganze Wohnung. Ich rutschte auf allen vieren vor ihm her. Unablässig umkrallte ich das Scheuertuch und wischte damit den Boden, während er mich von hinten fickte und mit seinem Gürtel auf mich einschlug. Er schlug mich grün und blau. Er schmückte mich auf seine Art. Ich liebte ihn dafür. Ja, ich liebte ihn.

Die Ankündigung der nächsten Dienstreise war wie ein Geschenk. Zwei Tage Mannheim. Ich frohlockte. Ich fürchtete mich. Ich zählte die Tage bis zur Abfahrt.

Als wir losfuhren, war er einsilbig. Kein Plauderton diesmal, nur dieser grüblerische Ausdruck, der mir ein wenig Angst machte. Schon nach wenigen Kilometern verließ er die Autobahn und bog in ein Waldstück ein. Wir stiegen aus. Er nahm mich an der Hand und zog mich hinter sich her, in den großen, dunklen Wald.

Mit sanftem Druck lehnte er mich an einen Baum und zog mich aus, bis ich vollkommen nackt war. Er legte mich auf den Waldboden. Tannenzapfen und Kiefernnadeln stachen in meinen Rücken, doch ich achtete nicht darauf, halb besinnungslos vor Geilheit und vollauf damit beschäftigt, die Beine so weit wie möglich zu spreizen. Er legte sie sich über seine Schultern. Dann legte er mir die Hände um den Hals.

Mit beiden Daumen drückte er meine Kehle zusammen, während er in mich eindrang. Ich holte keuchend Luft, doch ich bekam keine Luft. Mein Herz klopfte bis zum Hals. Mein Körper verkrampfte sich. Ich hatte Todesangst. Verzweifelt zappelte ich unter ihm, japste und keuchte und strampelte, bis meine Arme und Beine erschlafften.

Das Letzte, was ich wahrnahm, war ein Orgasmus von brachialer Gewalt. Er schleuderte mich hoch durch die Luft, bis weit über die Baumwipfel. Von oben sah ich uns zu. Dem vierbeinigen Tier auf dem Waldboden. Dann verlor ich das Bewusstsein.

Als ich wieder zu mir kam, reichte er mir meine Sachen. Er half mir beim Anziehen und musste mich stützen, während wir zum Auto zurückgingen. Mir war immer noch schwindelig, als ich einstieg. Im Spiegel der Sonnenblende betrachtete ich die Würgemale.

»Vertrau mir«, sagte er. »Ich weiß, wie weit ich gehen kann.«

Ich konnte nicht sprechen. Ich versuchte, ihm zu glauben. Doch die Todesangst war noch nicht vorbei. Ich wollte nur noch weg, weit, weit weg. Panisch ballte ich die Fäuste, bohrte die Fingernägel in meine feuchten Handflächen. Wegrennen, flüchten, aber wohin?

Du musst mit ihm reden, schrie meine innere Stimme mich an. Ihm sagen, dass er zu weit gegangen ist!

Bisher hatte ich mich ihm widerspruchslos ausgeliefert, jetzt war es an der Zeit aufzubegehren. Aber wie würde er reagieren? Mich auslachen? Mich beschimpfen? Mich – ich zitterte bei dem bloßen Gedanken – verlassen? Nur das nicht, um Gottes willen.

Unsicher sah ich zu ihm hinüber. Sein ausdrucksloses Lächeln trieb mir einen kalten Schauer über den Körper. Er hatte mich fast umgebracht. Und tat so, als sei nichts Besonderes geschehen.

Du findest schon die richtigen Worte, sprach ich mir Mut zu. Er wird es verstehen. Doch ich schwieg, starr vor Entsetzen, dass ich ihn immer noch wollte, ihn, den Fürsten der Finsternis.

Nachmittags, beim Termin mit dem Klienten, verdeckte ich meinen rotfleckigen Hals mit einem Seidentuch. Meine Kehle tat weh, das Schlucken fiel mir schwer. Der Klient lud mich zum Essen in ein teures Restaurant ein. Ich brachte nichts hinunter. Kaute und kaute und wagte nicht zu schlucken. Auf der Toilette spuckte ich den zerkauten Brei wieder aus.

Die bevorstehende Nacht blähte sich unheilvoll vor mir auf. Am Morgen war ich nur knapp mit dem Leben davongekommen. Was würde noch passieren? Er wisse, wie weit er gehen könne, hatte er gesagt. Doch wenn er nun weiter ging, als ich ertrug? Wenn er mich tötete? War das der letzte, der ultimative Kick?

Suses Warnung fiel mir ein. Er und ich hatten keine Regeln ausgemacht, keine Grenzen definiert. War das doch ein Fehler gewesen? Am Ende vielleicht ein tödlicher Fehler? Ich musste an mich halten, um nicht hemmungslos loszuschluchzen.

Es war halb elf, als er mich vom Restaurant abholte. Mein Atem flog, mein Herz klopfte bis in meine schmerzende Kehle. Du musst mit ihm reden! Sofort!

»Lass uns in eine Bar gehen, ja?«

Ich wollte auf neutralem Terrain mit ihm sprechen. Ganz vernünftig, im Beisein anderer Leute, damit er nichts Unbedachtes tun konnte. Damit er mich nicht bestrafte. Sein Mund wurde schmal.

»Wie du willst.«

Wir fanden eine kleine, elegante Bar, mit viel Chrom und Spiegeln an den Wänden, und setzten uns nebeneinander an den Tresen. Jetzt war der richtige Moment. Doch er kam mir zuvor.

»Habe ich dir schon gesagt, dass du eine wunderbare Frau bist?«

Ich holte tief Luft, öffnete den Mund – und brachte kein Wort heraus. Verdammt. Er sah mir in die Augen, mit diesem Blick, der mein Innerstes zum Beben brachte. Jetzt, jetzt, jetzt, sag es ihm endlich.

Er senkte die Stimme. »Du bist alles, was ich will. Du bist die Erfüllung all dessen, wovon ich immer geträumt habe. Und wir werden noch eine Menge Spaß haben.«

Spaß? Himmel noch mal, er nannte das – Spaß?

Er schien meine Gedanken zu erraten. »Was ist?«

Ich schüttelte den Kopf und sah auf meine Hände, unfähig, das Wort an ihn zu richten. Sanft berührte er mich an der Schulter.

»Du kannst mir alles sagen.«

»Ich ...«

In diesem Moment kam der Barkeeper und fragte nach unseren Wünschen. Er bestellte zwei Gin Tonics, dann wandte er sich wieder mir zu. Stumm saßen wir da, berührten uns nur mit den Augen. Etwas Hypnotisches lag in seinem Blick. Das genügte. In mir zerbrach etwas, ich wusste nicht was. Meine Selbstachtung? Mein Überlebensinstinkt? Er hatte mich in der Hand. Auf Leben und Tod. So nah war mir noch niemand gekommen. Nah bis aufs Blut, bis zum letzten Atemzug.

Die Drinks standen noch unberührt vor uns, als wir gingen. Wir hielten es nicht mehr aus.

Er führte mich in sein Hotelzimmer. Dort zeigte er auf seine Schuhe.

»Lecken.«

Ich wich zurück. Seine Schuhe?

»Leck sie.«

Ja, geliebter Gebieter. In unseren geheimen Gärten gibt es keine Regeln und keine Grenzen. Das einzige Gesetz heißt Gehorsam. Ich tat, was er sagte. Kniete mich zu seinen Füßen und leckte das matt glänzende Leder, die Nähte, die Schnürsenkel, mit hängender Zunge, wie ein gut abgerichteter Hund.

»So ist es gut. Leck alles schön sauber.«

Als ich zu ihm aufsah, hatte er seinen Schwanz rausgeholt.

»Mach den Mund auf.«

Ich öffnete meine Lippen, und er pinkelte auf mein Gesicht. Ich trank, was ich erwischen konnte. Die Pisse schmeckte süßlich. Sie lief mir rechts und links die Mundwinkel herunter, durchnässte meine Bluse, tropfte auf den Boden.

Er zog mich zu sich hoch und küsste mich. Dann wurde sein Gesichtsausdruck hart.

»Geile Sau. Du hast Pisse getrunken. Habe ich dir das erlaubt?«

Ich schwankte. »Nein.«

»Du weißt, dass ich dich dafür bestrafen muss?«

»Ja.«

Er ging zu seiner Reisetasche und holte eine Lederpeitsche heraus. Wieder wich ich zurück. Der Griff der Peitsche hatte die Form eines riesigen Dildos.

Drei Dienstreisen machten wir, und ja, ich diente ihm, gut abgerichtet, wie ich war. Es gab keine Fragen, keine Erklärungen, keinen Widerspruch, nur Befehle. Und unbedingten Gehorsam. Doch, Fragen hätte ich viele an ihn gehabt. Aber sie hätten den Bann aufgehoben, diesen Bann aus Hingabe und Hörigkeit, der mich aufs Lustvollste zerstörte und glücklich machte.

Er zeigte keinen Moment der Schwäche. Es gab nur ein paar Augenblicke der Unachtsamkeit. Früh am Morgen, wenn ich vor ihm aufwachte und ihn betrachten konnte. Oder wenn ich, was streng untersagt war, die Augen öffnete, während er mich fesselte. Konzentriert. Das Gesicht bleich vor Begierde. Ein verbotener Anblick. Die abgewandte Seite des Mondes.

Er feierte mich. Er schenkte mir Einzigartigkeit. Das machte mich stolz. Ich war gemeint, nur ich. Ich spürte es, wenn die Fesseln auf meiner wund gescheuerten Haut brannten. Wenn ich vor ihm kroch. Wenn er auf mich pisste. Wenn er mich warten ließ. Geliebte Qual des Wartens. Wenn ich an ihm roch. Man kann an einem Menschen riechen wie Tiere weiden. Sich vollsaugen mit dem Duft nach Mann und Geilheit und Liebe.

Anfangs hatte ich es nicht verstanden. Er konnte auf eine Weise brutal sein, die mich aufs Äußerste ängstigte und erregte. Dann wieder sorgte er für mich wie ein Vater für sein Kind.

Während der Dienstreisen hatte er bemerkt, dass ich nur unregelmäßig aß und meine Heißhungerattacken mit Süßigkeiten bekämpfte. Daraufhin schenkte er mir Vitamintabletten. Ich solle sie regelmäßig nehmen, trug er mir auf.

Einmal, es war kühler geworden, und ich trug viel zu dünne Kleidung, kaufte er mir einen Schal, damit ich mich nicht erkältete. Am selben Abend züchtigte er mich mit einem Schlagstock aus Gummi. Der Morgen graute, als ich ihn dann doch etwas fragte. Wie das zusammenpasse, Fürsorge und Brutalität.

Er antwortete ohne Zögern.

»Meine Brutalität ist Fürsorge.«

FÜNF

Dann war plötzlich Stille. Die Tage vergingen, doch er meldete sich nicht. Anfangs hielt ich es für Raffinesse, für eine erzwungene Pause, die in einem fulminanten Wiedersehensfest gipfeln würde. Aber nichts dergleichen geschah. Meine Unruhe verwandelte sich in Angst, dann in Panik. Warum? War es vorbei mit uns? Das konnte doch nicht sein, nach allem, was wir erlebt hatten.

Ich erkundigte mich in der Kanzlei nach ihm. Ja, er sei nach wie vor als Fahrer angestellt. Ob ich ihn bräuchte? Die Frage ging mir durch und durch. Ja, ich brauchte ihn wie Essen und Trinken, wie die Luft zum Atmen.

Aus den Tagen wurden Wochen. Es war mittlerweile September. Das Laub der Bäume vor meinem Bürofenster begann, sich zu verfärben. Auch ich welkte. Ich war leer und ausgebrannt. Mein Körper schrie nach ihm wie ein Säugling nach der Mutter. Hatte er mich vergessen? War ich ihm gleichgültig? Oder hatte ich etwas falsch gemacht?

Immer häufiger tauchte ich in meine Erinnerungen ab. Rief mir jede einzelne Szene mit ihm ins Gedächtnis, versank in einem Strudel vergangener Bilder, Blicke, Gerüche, Empfindungen.

Ich kannte seinen Körper auswendig wie ein Gedicht. Das seidige, dunkle Achselhaar. Die leicht körnige Haut an der Rückseite seiner Oberarme. Die weiche Vertiefung des Bauchnabels. Die harten, durchtrainierten Schenkel. Die kleine Haarinsel über seinem Po. Den Sternenhimmel seiner Leberflecken. Die vollkommen geraden Zehen. Die trapezförmigen, sorgfältig geschnittenen Fingernägel. Die türkisfarbenen Augen, deren Schimmer sich je nach Lichteinfall veränderte wie das Meer. Den schmalen Mund. Die etwas unregelmäßige Anordnung seiner Zähne.

Ich hätte ihm gern die Brust aufgerissen, um auch noch alles andere zu sehen. Seine Lunge, seine Leber, seine Milz. Das Geäst seiner Blutbahnen. Die gut ausgebildeten Sehnen und Muskeln. Den Mechanismus seiner Gelenke. Sein Herz.

Ich begann, noch mehr Überstunden zu machen, um die Abende nicht mit Sven verbringen zu müssen. Seit unserem Streit über Kinder stand das Thema wie eine gläserne Wand zwischen uns. Wie betäubt saß ich in meinem Büro, arbeitete Akten durch, surfte im Internet, sah aus dem Fenster. Zählte die Tage ohne *ihn*. Es waren schon viel zu viele.

Als ich mich mit Suse in einer Mittagspause traf, war sie erleichtert über die neue Entwicklung.

»Sei froh, dass dieser Typ genug von dir hat«, sagte sie. »Ihr habt euren Spaß gehabt.«

Spaß? Wieder dieses Wort. Mit solchen Kategorien konnte ich nichts anfangen. Es ging ja nicht nur um banalen Sex. Es ging um die engste denkbare Bindung zweier Menschen, um Nähe bis aufs Blut, um Vertrauen bis an die

Schwelle des Todes. Ich hatte die stärkste psychogene Droge kennengelernt, die es gab.

Suse rührte in ihrem Latte macchiato. »Oder ist dir der Blümchensex mit Sven zu langweilig geworden?«

»Nein, mit Sven ist es immer noch schön«, beteuerte ich.

Dabei war mein erotisches Leben auf null gesunken. Meine kostbaren geheimen Gärten waren verwaist. Manchmal stahl ich mich noch hinein, doch selbst meine langjährigen Fantasien hatten ihren Reiz verloren. Seit *er* mich verwandelt hatte, war der Zauber der Gärten verflogen.

Zum Abschied umarmte mich Suse fest.

»Wer weiß, was er dir noch angetan hätte.«

Sven machte sich Sorgen, weil ich so blass war und zusehends abmagerte. Man könnte auch sagen, dass es ihm nicht gefiel. Er sah in mir vor allem die muntere Gefährtin, den gut gelaunten Kumpel. Meine schwermütige Art passte nicht in seine unbeschwerte Welt. Er lachte gern und laut, sogar über Kleinigkeiten, vielleicht, um sich lebendig zu fühlen. Sobald er dann mein teilnahmsloses Gesicht sah, verstummte sein Lachen, und er verzog missmutig den Mund.

Langsam wurde ich so etwas wie ein Pflegefall für ihn. Ganz gegen seine Gewohnheit bemutterte er mich, wenn ich spätabends nach Hause kam. Er kochte Tee oder bestellte Essen beim Lieferservice und beschwor mich, wenigstens ein paar Bissen zu mir zu nehmen.

Immer häufiger zog ich mich in mein kleines Arbeitszimmer zurück, sah Akten durch oder starrte auf die Familienfotos an der Wand. Was hätten meine Eltern zu all dem gesagt? Ich schämte mich, weil mir mein Leben entglitt. Bis auf die Arbeit war nichts mehr im Lot. Meine Ehe war eine leere Hülle, und ich liebte einen Mann, der mich schlug. Ich hatte versagt.

Nachts drängten Sven und ich uns aneinander wie eine Notgemeinschaft. Ich verweigerte mich ihm nicht mehr, denn ich wollte Sven wenigstens eine gute Frau sein, wenn ich schon nicht die beste sein konnte. Wir waren sehr zärtlich, fast behutsam miteinander. Danach schliefen wir eng umschlungen ein. Ich brauchte dieses Haut an Haut und Atem an Atem. Sven war meine Familie. Er war mein Vater, mein Mann, mein Bruder, mein Kind. Mehr hatte ich nicht.

Nur eine unsinnige Hoffnung hielt mich noch am Leben: dass *er* sich doch noch melden würde. Dass alles wieder so sein würde wie früher. Dass er meine wahnsinnige, verzweifelte Liebe wenigstens ein winziges bisschen erwiderte. Aber konnte so ein Mann überhaupt lieben?

An einem der einsamen Abende in der Kanzlei kam die Sekretärin zu mir ins Büro. Sie trug ein violettes Shiftkleid, das ihren sehr weiblichen Körper betonte. Eine Strähne ihres kurzen dunkelblonden Haars hing ihr in die Stirn.

»Also, ich gehe jetzt.«

Ich blätterte in meinen Unterlagen, als sei ich sehr beschäftigt.

»Dann schönen Abend noch.«

Sie spielte mit dem Verschluss ihrer Handtasche.

»Sie sehen müde aus. Wollen Sie nicht auch nach Hause gehen?«

Ich winkte ab. »Zu viel zu tun. Sie wissen ja, die neuen Klienten.«

Unschlüssig stand sie da. »Dann machen Sie doch wenigstens eine Pause. Im Kühlschrank steht noch Sekt von der letzten Firmenfeier. Lust auf einen Schluck?«

Warum nicht. Ich nickte. Immer noch besser, als zu Sven zu gehen. Die Erkenntnis, wie wenig er mich brauchte, und wie wenig ihm der Gedanke gefiel, mit mir eine Familie zu gründen, frustrierte mich.

Sie strahlte mich an. »Kommen Sie, wir setzen uns in die Küche.«

Ich stand auf und folgte ihr. Ihre Hüften kreisten, während sie vor mir herging. Wieder dachte ich über ihr Sexleben nach. Sie war auf eine Weise attraktiv, die Männer scharf nennen. Ob sie einen festen Freund hatte?

Mit routinierten Bewegungen öffnete sie die Flasche und stellte zwei Gläser auf den Küchentresen. Wir setzten uns auf die beiden Barhocker.

Sie schenkte ein und hob ihr Glas. »Prost!«

Wir tranken. Sie räusperte sich.

»Es geht mich ja nichts an, aber …«

»Aber was?«

Sie legte eine Hand auf meinen Arm.

»Irgendwas stimmt doch nicht mit Ihnen. Sie sind so traurig. Sie sehen fertig aus.«

Ich betrachtete die gepflegte kleine Hand auf meinem Arm. Die blutroten Fingernägel.

»Quatsch«, wehrte ich ab. »Ich brauche nur mal Urlaub.«

Die längst fällige Ferienreise mit Sven hatte ich immer wieder verschoben. Hatte meine Arbeit vorgeschützt, die Unmengen von Akten. Ich wollte nicht in Urlaub fahren. Auf keinen Fall.

Was, wenn *er* sich meldete, und ich war weit weg? Das hätte ich nicht ertragen. Andererseits war ich Sven einen Urlaub schuldig. Wir brauchten eine Auszeit, und ich wollte Sven unbedingt zeigen, wie sehr ich ihn schätzte und respektierte. Ob ich ihn noch liebte? Ich wusste es nicht. Dabei wollte ich es so sehr.

Die Sekretärin schenkte nach. Erzählte von ihrer letzten Reise nach Mallorca, von den Schikanen des Chefs. Ich hörte nur am Rande zu. Betrachtete ihre rot geschminkten Lippen, die bläulichen Schatten unter ihren Augen. Sah, wie sich beim Sprechen ihre Brüste unter dem engen Kleid hoben und senkten. Dachte an *ihn*. Unwillkürlich stöhnte ich auf.

Sie rückte näher an mich heran.

»Was ist? Geht es Ihnen nicht gut?«

Jetzt war ich es, die eine Hand auf ihren Arm legte.

»Sie sind hübsch.«

Hatte ich das wirklich gesagt?

Sie lächelte. »Danke. Sie auch.«

»Blödsinn.«

Die Flasche war leer. Ohne zu fragen, holte sie eine weitere aus dem Kühlschrank. Sie goss die Gläser voll. Wir tranken sie in einem Zug aus. Sie füllte nach.

»Auf Sie«, sagte sie. »Was auch immer es ist, das wird wieder. Bestimmt.«

Ich kämpfte mit einem Schluchzen. Mein verwaister

Körper bebte. Sie streichelte meine Hand, und ich lehnte mich an sie. Unsere Schultern berührten sich. Ihre Nähe tröstete und verwirrte mich. Mir wurde heiß.

Mit einer traumwandlerischen Geste strich ihr rechter Zeigefinger über mein Gesicht. Ich schloss die Augen. Ein Schauer überlief mich. Dann spürte ich ihre Lippen auf meinem Mund.

Ich atmete schneller. Noch nie hatte eine Frau mich geküsst. Es war ungewohnt. Und erregend. Weiche Frauenlippen, weiche Haut. Ein zarter Duft nach Vanille hüllte mich ein. Ich wurde feucht. Meine Hände tasteten sich zu ihren Brüsten vor. Plötzlich wusste ich: Das hatte ich vom ersten Tag an tun wollen, seit sie in der Kanzlei arbeitete.

»Mmmm«, raunte sie. »Mehr.«

Ich zog den Reißverschluss ihres Kleids auf und öffnete den BH-Verschluss. Streifte das Kleid herunter. In all ihrer Pracht saß sie vor mir. Sie hatte große, runde, leicht nach außen stehende Brüste. Große, helle Brustwarzen.

Meine Fotze pulsierte. Ich beugte mich vor und leckte diese herrlichen Titten, massierte sie, saugte an den Brustwarzen, während ihre Hände in meinem Haar wühlten.

»Ja«, stöhnte sie. »Mach weiter. Hör nicht auf.«

Ich zog sie vom Barhocker, und wir sanken auf den gekachelten Küchenboden. Als ihre Zunge in meinen Mund glitt, öffnete sie meine Bluse und zog den BH herunter. Wir pressten unsere Titten aneinander. Ein ganz neues Gefühl, unendlich geil, ich konnte gar nicht genug davon bekommen. Ihre Hand glitt unter meinen Rock, in meine Fotze. Sie war nass, so nass.

»Leck mich«, flüsterte sie.

Ich hielt inne. Wollte ich das? Und wie leckte man eine Frau? Ich wusste, wie ich es gern hatte. Doch es selber zu tun, das war ein Rollentausch, dem ich mich nicht gewachsen fühlte.

Er hätte es gewollt, kein Zweifel. Er hätte gern zugesehen. Es hätte ihn aufgegeilt. Ich rutschte so weit an ihr herunter, bis mein Gesicht ihre geöffneten Schenkel erreichte, und kniete mich vor sie hin. Schob das Kleid hoch und den Slip runter.

Ihre Fotze war rasiert. Fassungslos starrte ich auf den aufgerichteten Kitzler, die feuchte Vulva. Nacktes Fleisch. Schamlos nackt. Aufreizend nackt.

Ich spreizte ihre Schamlippen, überwand meine letzte innere Barriere und berührte ihre Klitoris mit der Zunge. Ächzend hob sie ihr Becken an. Dann machte ich mich über ihre nackte, geile Fotze her. Sofort war mein ganzes Gesicht bedeckt von ihrem Saft. Während ich sie leckte, stellte ich mir vor, wie *er* mich dabei von hinten vögelte. Er war immer da. Auch jetzt.

Sie bäumte sich auf, als sie kam. Ich spürte, wie sie spritzte. Ein kleiner Schwall Flüssigkeit ergoss sich in meinen Mund. Ihr ganzer Körper war in Bewegung.

Ich wischte meinen Mund mit dem Handrücken ab und legte mich neben sie. Sie streichelte mein Gesicht.

»Dafür, dass du hetero bist, leckst du ziemlich gut. Ich habe es geahnt. Vom ersten Moment an.«

Sie entwand sich meiner Umarmung und begann mich zu lecken. Einen Finger steckte sie in meine Fotze, während ihre Zunge meinen Kitzler umkreiste. In meine Geilheit mischte sich die Vorstellung, dass sie mich gemeinsam leckten. Er und sie. Der Orgasmus war so stark, dass sich alles um mich drehte. Wie tot lag ich auf dem gekachelten Boden.

Sie rollte sich auf mich. Es war angenehm. Dieser weiche Körper mit den duftenden Titten auf mir. Ihre Lippen auf meinen Lidern. Ihr weiches Gesicht an meinem. Ein zarter Flaum bedeckte ihre Wangen.

Das Geklapper der Putzleute ließ uns zusammenfahren. Sie kamen meist um Mitternacht, das wusste ich, weil ich oft bis ein Uhr nachts im Büro ausharrte. Hastig zogen wir uns an. Wir küssten uns zum Abschied. Ihr Kuss war sanft. Ich fühlte mich leicht. Für ein paar Momente hatte ich vergessen, wie sehr ich *ihn* vermisste.

Mein Leben wurde eine einzige Folter. Ein paarmal verabredete ich mich noch mit der Sekretärin nach Büroschluss in der Kanzlei. Wir taten es überall. In der Küche, in meinem Büro, im Konferenzraum, auf der Toilette. Ich mochte ihren warmen, weichen Frauenkörper. Ihre Art, mich zu berühren. Doch irgendwann konnte es mich nicht mehr trösten.

Er fehlte mir so sehr, dass ich verfiel. Mein Blick wurde stumpf, ich nahm immer mehr ab. Jeden Tag schluckte ich Kopfschmerztabletten, nicht nur wegen der Schmerzen, sondern auch weil sie mich etwas dämpften.

So konnte es nicht weitergehen. Ich zermarterte mir das Hirn, wie ich ein Treffen herbeiführen könnte. Noch eine Woche ohne ihn, und ich würde mich umbringen.

Schließlich erzwang ich eine Dienstreise. Eigentlich wäre jemand anderes drangewesen. Es war peinlich, wie ich insistierte, ich machte mich unmöglich. Aber darauf kam es jetzt nicht mehr an. Ich wollte, ich musste ihn sehen.

Am Abend vor der Reise schloss ich mich im Badezimmer ein und rasierte meine Scham. Das erste Mal. Bisher hatte ich nur meine Achseln und meine Beine rasiert. Auf dem Toilettenrand sitzend, entfernte ich jedes Härchen. Restlos, auch auf den Schamlippen und auf dem Damm. Es war eine langwierige Prozedur.

Danach stellte ich mich vor den Spiegel und betrachtete mein Werk. *Sein* Werk. Es sah geil aus. Ich onanierte und steckte mir dabei alles Mögliche in meine nackte Fotze. Lippenstifte. Den Griff einer Haarbürste. Eine kleine Wasserflasche.

Als ich am nächsten Morgen auf den Dienstwagen zuging, stieg ein anderer Mann aus. Ein dicklicher Kerl mit einem ordinären Grinsen. Das Entsetzen fuhr mir in alle Glieder.

»Wo ist Herr Andresen?«, fragte ich tonlos.

»Ich bin die Vertretung. Herr Andresen hat sich einen freien Tag genommen.«

Natürlich war er nicht da. Er spielte mit mir, nicht umgekehrt. *Seine* Regeln galten, nicht meine. Elend vor Enttäuschung stieg ich in den Wagen.

In der folgenden Nacht schickte ich ihm eine SMS.

»Bitte, bitte, ich halte es nicht mehr aus.«

Er meldete sich nicht. Ich rang mich zu einer weiteren SMS durch.

»Ich flehe dich an!«

Keine Reaktion.

Um vier Uhr morgens war ich todkrank vor Sehnsucht.

Ich nahm mein Handy, klickte die Kamera an und hielt mir das Handy zwischen die geöffneten Schenkel. Dann sendete ich ihm das Foto meiner nackten Scham.

Am nächsten Nachmittag, der Wagen war schon wieder auf der Autobahn nach Berlin, kam seine Antwort. Die vertraute Adresse, acht Uhr, noch am selben Abend. Ich fing lautlos an zu weinen. Der Fahrer tat so, als bemerke er es nicht.

Je näher wir der Hauptstadt kamen, desto nervöser wurde ich. Meine Haut juckte, und nur mit größter Willenskraft widerstand ich der Versuchung, an meinen Fingernägeln zu knabbern. Ich betete, dass wir in keinen Stau gerieten. Die vielen Geschwindigkeitsbegrenzungen machten mich halb verrückt, denn der Fahrer stieg jedes Mal prompt auf die Bremse, sobald ein Schild auftauchte.

»Müssen Sie wirklich so langsam fahren?«, fragte ich ungeduldig.

»Immer mit der Ruhe«, knurrte er. »Nicht Sie zahlen die Strafmandate, sondern ich.«

Kurz vor sieben Uhr hielt der Fahrer in der Friedrichstraße. Es war mir unmöglich, die Wohnung zu betreten. Ich wartete im Hauseingang, bis der Dienstwagen verschwunden war, dann winkte ich ein Taxi heran.

Wenig später ließ ich den Taxifahrer an einem Sexshop halten. Mit einem flauen Gefühl im Magen ging ich hinein. Noch nie war ich in so einem Laden gewesen. Er war überraschend groß. Gut ausgeleuchtet und ordentlich aufgereiht lagen Pornomagazine, Dildos und Sexwäsche in mannshohen Regalen.

Die Atmosphäre war sachlich. Ein paar Männer lungerten zwischen den Regalen herum. Keiner sah mir ins Gesicht. Es wurde nicht gesprochen, niemand ließ sich seine Erregung anmerken. Alle vertieften sich mit großem Ernst in das Angebot, während in ihren Köpfen schon der Film lief. Es war eine merkwürdige Vorstellung, dass sie vermutlich alle eine Erektion hatten.

Ich griff zu einer Lederkorsage. Sie war so geschnitten, dass die Brüste frei blieben. Als ich sie anprobierte, kam die Verkäuferin in die Umkleidekabine. Eine Frau um die fünfzig, hochblond und tief gebräunt. Sie zwinkerte mir zu.

»Steht Ihnen gut, das Teil.«

Ich schickte sie raus. Mein Spiegelbild erregte mich. Das schwarze, glatte Leder auf meiner blassen Haut. Meine Titten, die schamlos hervorquollen und geleckt werden wollten. Schwer atmend stellte ich mir vor, wie *er* mich hier in der Umkleidekabine fickte. Kaum hatte ich meinen Kitzler berührt, als ich auch schon kam.

Ich behielt die Korsage gleich an, zog nur meinen Trenchcoat darüber. Das Kostüm und die Bluse legte ich in meine Reisetasche. Dann zog ich die halterlosen Strümpfe an, die ich auf die Reise mitgenommen hatte.

Ich konnte das Zittern meiner Hände nicht kontrollieren, als ich bezahlte. Ob er wirklich da sein würde? Es war *sein* Spiel.

Eine Viertelstunde später klingelte ich Sturm. Die Tür sprang auf, und ich hastete die Treppen hinauf. Er stand auf dem Flur des dritten Stocks und machte einen Schritt auf mich zu, als er mich sah.

»Da bist du ja.«

Als hätte er auf mich gewartet, nicht umgekehrt. Ich wollte mich nach diesen endlosen Wochen in seine Arme werfen, aber er küsste nur flüchtig meine Wange und führte mich in die Wohnung. Zog mir den Mantel aus. Stierte auf die Korsage, auf meine nackten Brüste, meine nackte Fotze. Doch er berührte mich nicht. Mit seiner ausgestreckten Hand zeigte er auf das Bett, und ich setzte mich darauf.

Jetzt sah ich, dass er einen Werkzeugkasten und eine Bohrmaschine mitgebracht hatte. Der Anblick ließ mir das Blut in den Adern gefrieren. Angst. Erregung. *Angst*. Was … Was um Himmels willen hatte er vor?

Vollkommen ruhig befestigte er einen Aufsatz an der Bohrmaschine. Er stieg auf einen Stuhl und bohrte ein Loch in die Decke. Der Lärm war ohrenbetäubend, Kalk und Putz rieselten auf den Boden. Dann drückte er einen Dübel in das Loch und schraubte einen Haken hinein.

Ich verfolgte vom Bett aus jede seiner Bewegungen. Eine Gefangene, die ihrem Folterknecht zusah. Die Vorbereitung der Folter ist Teil der Folter, das hatte ich mal irgendwo gelesen. Jetzt begriff ich es.

Er holte eine Eisenkette aus dem Werkzeugkoffer und klickte sie mit einem Karabiner an den Haken.

»Steh auf.«

Ich tat, was er sagte.

»Komm her.«

Ich ging zu ihm. Er nahm meine Hände und fesselte sie mit der Eisenkette, hoch über meinem Kopf. Ich musste auf den Zehenspitzen stehen, so kurz war die Kette.

Er stellte sich hinter mich. Mit den Fingerkuppen strich er über meine nackten Arschbacken.

»Gefällt dir das?«

Ich stöhnte.

»Ja, es gefällt mir.«

Seine Finger glitten zwischen meine Schenkel, gruben sich in das nackte Fleisch meiner Fotze. Die Glieder der Kette bohrten sich in meine Handgelenke. Meine Beine fingen an zu zittern.

»Steh gerade«, herrschte er mich an.

Ich versuchte es. Stille. Warten. Ich war ihm ausgeliefert. Er könnte jetzt weggehen, dachte ich. Mich am Haken hängen lassen die ganze Nacht. Tagelang. Für immer.

Langsam umrundete er mich und blieb vor mir stehen. Er hatte die Peitsche in der Hand. Die schwarze Lederpeitsche. Wieder streichelte er mich. Meinen Rücken, meine Hüften, meine Schultern. Dann ging er ins Bad. Ich hörte ihn pinkeln.

Er kam zurück. Das Geräusch der Peitsche auf meiner Haut zerriss die Luft. Ich zuckte zusammen. Der Schlag war hart gewesen. Sehr hart. Ich war den Tränen nahe. Doch es erregte mich bis zum Wahnsinn. »Macht dich das geil?«

Ich nickte. Mit dem Peitschenschaft fuhr er mir über die Schenkel, streifte meine nasse Fotze.

»Sag es.«

»Es macht mich geil.«

»Du hast deine Fotze rasiert, geile Sau. Habe ich dir das erlaubt?«

Ich schüttelte den Kopf.

»Aber du hast es getan.«

»Ja.«

»Dafür muss ich dich bestrafen.«

Wieder schlug er mich. Viel zu hart. Das war kein Spiel mehr. Es war nie ein Spiel gewesen.

Ganz nah trat er hinter mich. Ich spürte seinen Atem in meinem Nacken. Er rieb seinen steifen Schwanz an meinem Arsch.

»Ich will, dass du pisst.«

Oh, nein. Ich versuchte es, doch ich war zu erregt. Die Schläge wurden noch härter. Er schlug mich windelweich. Ich spürte meine Hände nicht mehr. Ich konnte nicht mehr stehen. Die Lust wurde so unerträglich wie der Schmerz.

Auf einmal war meine Kraft zu Ende. Meine Muskeln erschlafften. Jetzt endlich konnte ich loslassen. Die warme Pisse lief meine Schenkel hinunter, spritzte auf den Boden. Tief schnitten die Ketten in meine Handgelenke. Ich hing an der Decke wie ein geschlachtetes Schwein. Mir wurde schwarz vor Augen.

»Gnade«, wimmerte ich.

Gnade. Das Safeword. Er begriff sofort. Hastig löste er die Kette vom Haken, fing mich auf und trug mich zum Bett. Er küsste meine tränenüberströmten Wangen. Ich hatte keine Stimme mehr. Wahrscheinlich hatte ich mich heiser geschrien. Ich konnte nur noch flüstern.

»Ich liebe dich.«

In das Dunkel hinein lauschte ich bang auf seine Antwort.

»Ich liebe dich auch.«

Erlöst schluchzte ich auf. Darauf hatte ich seit Wochen gewartet, nein, vom ersten Tag an. Wir pressten uns aneinander, streichelten uns, küssten uns. Dann fickte er mich so innig und vorsichtig wie nie zuvor. Blümchensex. Der schönste meines Lebens. Wir kamen gleichzeitig, wurden gemeinsam weggetragen, weit, weit weg und kehrten lange nicht zurück.

Auf der Heimfahrt im Taxi rieb ich meine rot geschwollenen Handgelenke. Mein Rücken schmerzte von den Schlägen. Ich konnte nur hoffen, dass ich nicht blutete. Warum war ich so glücklich?

Meine Eltern hatten mich streng erzogen, aber ich war nie geschlagen worden, im Gegensatz zu einigen meiner Schulkameraden, deren Eltern weniger zartfühlend waren. Einmal, in der Wohnung einer Schulfreundin, hatte ich die Schläge gehört, das Schreien und Weinen. Sie hatte irgendetwas angestellt und musste mit ihrem Vater in den Keller gehen, wo sie verprügelt wurde. Währenddessen hatte ich oben an der Kellertreppe gestanden. Stumm, entsetzt. Es war grauenvoll gewesen.

Vermutlich wurde ich verschont, weil ich diplomatischer war als andere Kinder. Ich widersetzte mich nicht, sondern tat einfach, was man von mir verlangte. Mein Vater war stolz auf mich, weil ich eine gute Schülerin war, der man Pflichtbewusstsein und ein hohes Leistungsethos bescheinigte, meine Mutter war stolz, weil ich mich gut benahm.

Ich war artig, wie ein perfekt abgerichteter Hund. Wohlverhalten und Gehorsam wurden meine zweite Natur. Es gab keine Prügel, keine Ohrfeigen, nicht mal einen kleinen Klaps. Trotzdem hatte ich schon als kleines Mädchen diese dunklen Fantasien gehabt, mir die geheimen Gärten angelegt, wie ich sie später nannte.

Nach ein paar Minuten Fahrt ließ ich den Taxifahrer an einer Kneipe halten und bat ihn zu warten. Ich wollte noch nicht nach Hause. Ich traute mich nicht mehr nach Hause.

Es war dieselbe Eckkneipe, in der ich mir schon einmal Mut angetrunken hatte. Der Wirt erkannte mich und nickte mir kumpelhaft zu. Nach kurzem Überlegen bestellte ich einen Wodka auf Eis. Mit den Fingern fischte ich einen Eiswürfel aus dem Glas und kühlte die roten Abdrücke auf meinen Handgelenken. Ein paar Typen am Tresen sahen mich mit anzüglichen Blicken an. Sie ließen es bleiben, als sie meinem abweisenden Blick begegneten.

Ich starrte in mein Glas. Ich war eine selbstbestimmte Frau. Gewalt lehnte ich ab. Ich wollte auch nicht von irgendwem vergewaltigt werden. Ich war definitiv kein Weibchen. Ganz selbstverständlich erwartete und erhielt ich den Respekt meiner Kollegen. Auch Sven achtete mich, wir bewegten uns auf Augenhöhe.

Leise lachte ich auf. Es war so absurd. Ich hätte jederzeit die Errungenschaften der Emanzipation verteidigt. Die Rechte der Frauen. Ihren Anspruch auf Gleichbehandlung. Was denn sonst? Doch dann war *er* gekommen. Der Fürst der Finsternis. Hatte mich in eine Zone geführt, in der das alles nicht galt. Die dunkle Zone in mir. Ich wollte gedemütigt werden. Ich wollte von der Gnade und vom Willen dieses einen Mannes abhängig sein wie eine Leibeigene. Bei keinem anderen Mann wäre das infrage gekommen. Nur bei ihm.

Ich trank den Wodka aus und bestellte einen zweiten. Jeder Schlag, jeder Schmerz, den *er* mir zufügte, war Ausdruck seiner Liebe. Er, nur er hatte einen Anspruch darauf, mir wehzutun. Ich gehörte ihm. Weil er mich liebte, auf seine Weise. Und weil ich ihn liebte bis zur Raserei.

Sven war gutmütig, aber er war nicht dumm. Als ich am nächsten Morgen die Augen aufschlug, lag er wach neben mir und musterte mich argwöhnisch.

»Was ist mit deinen Handgelenken passiert?«

Ich hatte sie noch in der Nacht bandagiert. Und mir eine Ausrede zurechtgelegt.

»Ach, nur ein kleiner Unfall. Das Hotel hatte ein Fitnessstudio. Ich hab's wohl ein wenig übertrieben auf der Rudermaschine. Die Riemen waren sowieso viel zu eng.«

Skeptisch sah er mich an. »Verstehe. Und wieso hast du wieder nicht angerufen?«

Ich schloss die Augen und gähnte, um Zeit zu gewinnen.

»Tut mir leid, der Termin hat so lange gedauert. Danach war der Akku alle. Ich habe ihn im Zimmer aufgeladen und wollte dich noch anrufen. Aber vorher bin ich wohl eingeschlafen.«

Bitte, glaub mir. Das klingt doch ganz harmlos. Und völlig plausibel.

Er stützte sich auf einem Arm auf, ohne mich aus den Augen zu lassen. »Wir müssen reden. Über uns.«

Panik erfasste mich. Plötzlich wurde mir klar, wie sehr

ich Sven liebte, wie sehr ich ihn brauchte. Wenn ich ihn verlor, hatte ich gar nichts mehr. Nur die Ungewissheit dieser alles verzehrenden anderen Liebe. Ich brauchte das warme Nest mit Sven. Meinen Zufluchtsort.

Verzagt strich ich ihm durchs Haar. Lächelte ihn an, während mein Magen sich zusammenkrampfte. Ich darf dich nicht verlieren. Um alles in der Welt.

Ja, ich wollte diesen anderen Mann, ich gehörte ihm, nur ihm. Aber nicht um den Preis meiner Ehe. Es war Zeit, einen Schlusspunkt zu setzen, um nicht ins Bodenlose zu stürzen. Ein für alle Mal. Ich musste mich entscheiden, und es war klar, wofür.

»Ich weiß, ich arbeite zu viel«, sagte ich. »Ich bin gar nicht mehr ich selbst. Lass uns wegfahren, irgendwohin. Such dir was aus. Berge oder Meer, was du willst.«

Seine Augen verengten sich. »Ist das alles? Du arbeitest zu viel? Oder ist da noch was anderes? Ein … Mann?«

Die Frage hing in der Luft wie ein geöffnetes Klappmesser. Ich versuchte, mir nicht anmerken zu lassen, wie übel mir war. Zwang mir ein Grinsen ins Gesicht.

»Klar, ich habe ein ausschweifendes Sexleben. Haha. Jetzt mal im Ernst: Wann sollte das denn stattfinden? Ich habe vier neue Klienten. Ich arbeite die Nächte durch. Für eine Affäre hätte ich nun wirklich keine Zeit.«

Er verzog keine Miene. Er spürte es. Instinktiv spürte er die Anwesenheit des anderen Mannes.

Ich kraulte seinen Nacken.

»Aber das ändert sich jetzt. Wir fahren weg, okay? Sobald wie möglich. Von mir aus gleich nächste Woche, der Chef wird's schon schlucken. Buch einfach irgendwas.

Überrasch mich. Übrigens habe ich auch eine Überraschung für dich.«

Langsam zog ich mein Nachthemd hoch, gerade so weit, dass er meine rasierte Scham sehen konnte.

»Na, macht dich das an?«

Er fragte nicht weiter. Stöhnend wälzte er sich auf mich und schob seine Morgenlatte in mich rein.

SECHS

Die Erregung weckte mich. Ich hatte geträumt, von ihm. Ein wirrer Traum. Groß und bedrohlich hatte er vor mir gestanden, während gesichtslose, nackte Männer auf mich zukrochen.

Ich sah hinüber zu Sven, der leise schnarchte. Vorsichtig legte ich eine Hand zwischen meine Schenkel. Machte nur millimeterfeine Bewegungen, um ihn nicht aufzuwecken. Unterdrückte das Stöhnen, als ich kam.

Von draußen drang Möwengeschrei ins Zimmer. Wir waren nach Long Island geflogen. Es war Svens Idee gewesen, und ich hatte es sofort verstanden, ja, ich war begeistert gewesen. Er wollte die Magie des Anfangs heraufbeschwören. Den Zauber unserer jungen Liebe zurückholen, die Empfindungen von damals, als er mir den Heiratsantrag gemacht hatte. Schon allein dafür musste ich ihn lieben.

Es war Ende September, der Indian Summer bescherte uns warme, lichtdurchflutete Tage. Das Hotel lag direkt am Strand, und ich musste zugeben, der Urlaub tat mir gut. Die Sonne tat mir gut. Das Meer tat mir gut, und auch Sven tat mir gut. Nun wollte ich ihm guttun. Es war gar nicht schwer. Langsam, ganz langsam kehrten die Gefühle für ihn zurück, die meiner verstörenden, unseligen Leidenschaft gewichen waren.

Es gab keine Ablenkungen hier, keine Versuchungen, nur uns beide. Wir verbrachten die Tage in entspannter Ereignislosigkeit. Schliefen lange. Gingen ausgiebig frühstücken in den kleinen Strandlokalen, wo man mit den Füßen im Sand am Meer saß. Lagen stundenlang am Strand und lasen. Vor dem Abendessen duschten wir und hatten Sex. Gesunden, sauberen Sex. Das beruhigte mich.

Vor dem Abflug hatte ich *ihm* noch eine SMS geschickt. »Bin verreist.« Keine Antwort. Ich kannte seine Antwort: Dafür würde er mich bestrafen. Allerdings nur, wenn ich ihm Gelegenheit dazu gab.

Er war weit weg, doch ich trug ihn in mir, wie einen Chip, den man mir unter die Haut gepflanzt hatte. Ich dachte an ihn, wenn ich in der Sonne lag. Dachte an ihn, wenn ich in das träge schäumende Meer eintauchte. Dachte immerzu an *ihn*.

Sven öffnete die Augen.

»Gut geschlafen, mein Liebling?«

»Sehr gut, Schatz.«

Ich streckte die Hand nach ihm aus, und er rückte näher an mich heran. Er genoss meine Zärtlichkeit, meine sanften Berührungen. Zwischen uns war alles wieder gut. Voller Hingabe küsste ich ihn, liebkoste sein Gesicht, seinen Nacken. Ich wollte nicht daran denken, wie es sein würde, wenn wir wieder zu Hause waren. In dieser kalten, herzlosen Stadt, wo *er* auf mich lauerte.

Je näher die Abreise rückte, desto unwirklicher erschien es mir, dass es *ihn* überhaupt gab. Als hätte ich ihn mir selbst geschaffen, als sei er ein Produkt meiner Fantasie, das ich jederzeit wieder verschwinden lassen konnte. Und genau das würde ich tun.

Eine letzte SMS würde ich ihm senden: »Wir werden uns nicht wiedersehen.« Ein kühler, förmlicher Abschied. Dienstreisen konnte ich auch mit der Bahn oder mit dem Flieger machen. Ich war eine verheiratete Frau. Eine glücklich verheiratete Frau, die ihren Mann glücklich machen wollte. Das dunkle, gefährliche Abenteuer war vorbei.

Es war Anfang Oktober und Berlin schon herbstlich ausgekühlt, als Sven und ich nach zwei Wochen Urlaub zurückkehrten. Grauer Himmel, feuchte Kälte, so empfing mich die Stadt, so abweisend und nebelverhangen. Den ersten Arbeitstag verbrachte ich voller Unruhe. Ich fürchtete mich davor, dass *er* meine Rückkehr bemerken könnte, dass er mich anrufen oder sogar in mein Büro kommen würde. Fast wartete ich darauf, doch nichts geschah.

Gib dir ein bisschen Zeit, ermahnte ich mich. Du wirst ihn schon noch vergessen. Bleib einfach auf Distanz. Nimm ein Taxi, wenn du einen Termin hast, lehne Dienstreisen am besten kategorisch ab, halte dich gefälligst von ihm fern.

Jeden Abend verließ ich pünktlich um sechs die Kanzlei. Sven und ich unternahmen jetzt wieder mehr gemeinsam. Wir luden Freunde zum Essen ein, gingen zusammen in die Philharmonie und am Wochenende in Kunstausstellungen. Der Urlaub hatte uns wieder zusammengeschweißt.

Über Kinder sprachen wir nicht mehr. Wir entwickelten neue Paarrituale, die ich einem Beziehungsratgeber entnommen hatte, entschlossen, unsere Ehe zu kitten. Ich besorgte Körperöl mit Vanillearoma und massierte Sven vor dem Schlafengehen, kaufte neue Bettwäsche und Entspannungs-CDs. Spätabends noch stellte ich Kerzen auf den Badewannenrand und streute Rosenblätter ins Wasser, bevor wir zusammen ein Bad nahmen. Morgens schrieb ich Sven Zettel mit kleinen Liebesbotschaften, die ich in seine Aktentasche steckte.

Eine neue Ära unserer Ehe hatte begonnen. Ich fühlte mich endlich wieder wohl in meiner Haut. Geborgen. Im Licht. Auch meine Kopfschmerzen besserten sich. Jedes Mal wenn ein Schatten auftauchte, machte ich gedanklich einen großen Bogen um ihn. Meine geheimen Gärten betrat ich nicht mehr. Das Tor, das hineinführte, hatte ich fest verschlossen.

Es war ein Samstagmorgen, als ich zu Suse fuhr, um ihr bei einem weiteren Umzug zu helfen. Sie hatte ihre Altbauwohnung in Prenzlauer Berg gekündigt und zog nach Kreuzberg, in ein Loft am Paul-Lincke-Ufer. Die meisten Möbel und die Kisten voller Bücher waren schon vom Spediteur aus der halb leeren Wohnung geräumt worden, jetzt machten wir uns daran, das Geschirr einzupacken.

Während ich die Weingläser in Zeitungspapier wickelte, erzählte ich ihr von meinen neuen Ritualen.

»Sven hat sich dadurch sehr verändert. Seit dem Urlaub ist er ein ganz neuer Mann. So zugewandt.«

»Siehst du, man kann eben doch an einer Beziehung

arbeiten«, erwiderte Suse und grinste. »Nicht dass ich da Expertin bin. Aber die verheirateten Männer, mit denen ich was hatte, sind alle schneller zu ihren Frauen zurückgegangen, als ich bis drei zählen konnte. Für diese Typen sind wir nur eine Episode.«

Ich ließ ein Glas fallen. Klirrend zerbrach es auf dem Küchenboden. Suse fluchte.

»Verdammt, was ist denn?«

Ihre Bemerkung, leicht hingeworfen, hatte mich bis ins Mark getroffen. *Er* war verheiratet. Wer war *sie*? Wie sah sie aus? Wie eng war diese Beziehung? Tat er mit ihr, was er mit mir tat? Ein neues Gefühl bemächtigte sich meiner: Eifersucht. Wir hatten nie über unsere Ehen gesprochen, hatten sie vollkommen ausgeblendet.

Während ich die Scherben zusammensuchte und in eine Mülltüte warf, biss ich mir auf die Lippen, um nicht in Tränen auszubrechen. Suse hockte sich neben mich.

»Denkst du etwa immer noch an diesen Kerl?«

»Manchmal schon.«

Sie betrachtete die Scherben. »Wer weiß, wofür das alles gut war. Vielleicht, damit du Sven wieder zu schätzen weißt. Wolltet ihr nicht eine Familie gründen?«

Schwankend richtete ich mich auf. »Du kennst doch Sven. Er fühlt sich zu jung dafür.«

»Aber du sagst, er hätte sich verändert«, entgegnete Suse. »Warte noch ein bisschen, bald ist er bestimmt so weit.«

Ich widersprach ihr nicht, obwohl ich wusste, dass das mehr als unwahrscheinlich war.

Abends lag ich hellwach im Bett. Wie eine ätzende

Säure sickerte die Eifersucht durch meine Adern. Gab es außer seiner Frau und mir noch andere Frauen? Ein Mann wie er konnte nicht ohne Sex leben, unmöglich. Wo trieb er sich rum? Was machte er gerade? War ich gar nicht so einzigartig, wie ich gedacht hatte? Ich biss in meine Faust, um nicht laut aufzuheulen, vor Wut, vor Scham. Genügte ihm irgendeine willige Frau? War ich auswechselbar? Warum hatte er keine Botschaft hinterlassen? Warum schwieg er?

Die Schatten wurden größer, obwohl ich versuchte, sie zu ignorieren. Wie dunkle Phantome krochen sie auf mich zu. Ich vermisste *ihn* so sehr, dass mir manchmal schwindelig wurde. Mir fehlte die Unbedingtheit, mit der ich mich ihm hingeben konnte, alles vergaß, was man mir beigebracht hatte, alles losließ. Und sein Blick fehlte mir. Dieser Blick, der mir sagte, dass ein unlösbares Band uns verknüpfte, nicht zufällig, sondern schicksalhaft.

Sven merkte, dass es mir wieder schlechter ging. Er war enttäuscht und auch ein wenig ärgerlich.

»Warum hast du denn schon wieder diese komischen Stimmungsschwankungen?«, fragte er. »Ich dachte, zwischen uns ist alles wieder okay, und jetzt bist du auf einmal so deprimiert.«

»Vielleicht was mit den Hormonen«, entgegnete ich.

»Dann lass dich untersuchen«, sagte er barsch. »Unternimm was dagegen. Ich habe keine Lust auf diese miese Stimmung. Das ist doch nicht normal.«

Ich beherrschte mich, ich kämpfte, ich sträubte mich. Doch *er* war stärker. Eines Morgens, ich war gerade ins

Büro gekommen, konnte ich nicht mehr. Es war Ende Oktober. Viele Wochen waren vergangen seit unserem letzten Treffen.

Ich schickte ihm eine SMS.

»Bin wieder da.«

Die Antwort kam eine Stunde später. Es war eine Adresse. Nur eine Adresse, kein Datum, keine Uhrzeit.

Ich taumelte zwischen Freude und Angst. Es würde alles wieder von vorn losgehen. Nein, es würde weitergehen. Das mit *ihm* würde weitergehen. Ich fürchtete mich vor dem, was kommen würde. Ich konnte es kaum erwarten.

Die Adresse ließ mir keine Ruhe. In der Mittagspause fuhr ich hin. Es war ein Laden für Tierbedarf. Ratlos sah ich mich um. Drückend warm war es in dem niedrigen Raum. Es roch nach dem Kot von Hamstern und Wellensittichen. Ich betrachtete die Beutel mit Tierfutter. Die Käfige aus Draht, in denen es flatterte und raschelte. Was wollte er von mir?

Dann sah ich etwas, was mein Herz schneller schlagen ließ. Ich ging zu dem Regal mit Hundehalsbändern und nahm eins in die Hand. Es war aus schwarzem Leder, mit Nieten besetzt. Innen waren kleine Stacheln angebracht. Auf der Stelle wurde ich feucht.

Der Verkäufer trat zu mir, ein schmächtiger Mann in einem verfilzten Wollpullover.

»Das ist für größere Hunde«, sagte er.

»Ach, so.«

»Für Schäferhunde, Golden Retriever, Berner Sennhunde. So was in der Art.«

Ich schluckte. »Haben Sie auch eine passende Leine?«

Er holte einen Karton mit Hundeleinen. Ich fasste hinein, holte eine Leine aus schwarzem Leder heraus. Das Blut pochte unter meiner Haut.

Während der Verkäufer kassierte, sah er mich zweifelnd an.

»Große Hunde muss man gut erziehen. Die haben Kraft. Wenn Sie wollen, kann ich Ihnen eine Hundeschule empfehlen.«

Ich steckte das Wechselgeld ein. »Danke, das wird nicht nötig sein.«

»Brauchen Sie noch Hundefutter? Oder einen Fressnapf? Wir haben gerade neue reinbekommen.«

Er hielt mir einen Napf aus poliertem Metall hin. Ich atmete schwer.

»Gute Idee.«

Drei Tage vergingen, in denen er sich nicht meldete. Ich arbeitete wieder hart und machte Überstunden, um mein Pensum zu schaffen. Sven akzeptierte es. Seit der Reise war sein Misstrauen weitgehend verflogen. Vielleicht war er auch froh, dass ich ihm Gelegenheit gab, die Abende mit seinen Freunden zu verbringen, statt mit mir. Es waren seine »Jungsabende«. Dann ging er mit seinen Kumpels teuer essen, rauchte Zigarren in irgendwelchen Clubs und konnte über Golf fachsimpeln.

Eisern vergrub ich mich in die neuen Fälle, die mein Chef mir auf den Schreibtisch gepackt hatte. Den Urlaub hatte er mir nur zähneknirschend genehmigt, umso mehr legte ich mich seitdem ins Zeug. Ich wollte ihm beweisen, dass ich es wert war, hier zu arbeiten. Die Regel der Kanzlei war einfach: Du bist nur so gut wie die Leistung, die du gerade erbringst. Dass sich meine Kopfschmerzen wieder eingestellt hatten und ich manchmal einen hohen Pfeifton im Ohr hörte, nahm ich in Kauf.

Am dritten Abend, ich saß noch im Büro, kam eine SMS. Es war ein Video. Es zeigte, wie *er* seinen Schwanz wichste.

Der Kameraausschnitt beschränkte sich auf seine Hand, seinen Schwanz und seine Eier. Außerdem sah man ein Stück weißer Bettdecke, der Hintergrund lag im Dunklen. Immer wieder klickte ich das Video an, vollkommen fasziniert. Und zunehmend erregt. Ich prägte mir seine Wichstechnik ein, die Art, wie er schneller und dann wieder langsamer wurde, wie er die Vorhaut zwischendurch ganz runterzog und dann mit kleinen, kurzen Bewegungen weitermachte. Das Video endete damit, dass er spritzte. In hohem Bogen flog das Sperma dem Kameraauge entgegen und fror dann ein.

»Schick mir auch so ein Video«, lautete die nächste SMS.

Ich ging zur Toilette und onanierte mit der Kamera zwischen den Schenkeln. Dann schickte ich das Video ab. Die Antwort war nur eine Zahl. Neun. Heute also? Heute Abend um neun in den Kaninchenställen?

Ich sah auf die Uhr. Schon fast acht. Ich musste mich beeilen. Mich abhetzen, mit hechelnder Zunge zu ihm laufen. Weil er es so wollte.

Ich räumte nichts zusammen, sondern lief ohne meine Aktentasche zum Wagen. Überfuhr eine rote Ampel auf dem Weg nach Hause, ließ das Auto mit eingeschaltetem Warnblinklicht einfach mitten auf der Straße stehen, während ich hoch in die Wohnung rannte und mit fliegenden Fingern die Wäschetüte unter der Spüle hervorholte. Und die Tüte mit dem Aufdruck »Tierbedarf. Alles für Ihren Liebling«.

Ich zog mich nicht um. Es war mittlerweile halb neun, jeden Moment konnte Sven nach Hause kommen. Ich nahm die Treppe. Auf den Lift zu warten, ertrug ich nicht.

Während ich mehr stolpernd als laufend das Treppenhaus hinunterstürzte, sah ich, wie sich der Lift nach oben bewegte. Es war ein gläserner Lift. Sven stand darin. Er erkannte mich und winkte mir fragend zu. Der Moment gefror. Für eine Sekundenewigkeit kreuzten sich unsere Blicke und verhakten sich ineinander. Sven auf Himmelfahrt. Ich auf Höllensturz. Zwei Bewegungen, die sich für einen Augenblick gegenseitig ruhigstellten wie Wellenberg und Wellental. Dann war er verschwunden.

Das Haar klebte an meiner verschwitzten Stirn, als ich losfuhr. In einer Tankstellentoilette zog ich die Lederkorsage und schwarze, halterlose Strümpfe an. Viertel vor neun. Ich musste es schaffen. Ich musste pünktlich sein.

Um zehn nach neun klingelte ich, völlig aufgelöst. Ich hatte keinen Parkplatz gefunden und das Auto ein paar Straßen weiter im Halteverbot abgestellt. Meine Lungen schmerzten vom Laufen, mein Atem ging stoßweise, krampfhaft umklammerte ich die Tüte mit den Einkäufen.

Eine halbe Minute später stand ich vor der Wohnung. Die Tür war geschlossen. Ich pochte. Niemand öffnete.

Ich pochte lauter. Hatte ich mich geirrt? Hätte ich auf eine weitere SMS warten müssen, mit Datum und Ort?

Mit beiden Fäusten schlug ich auf die Tür ein. Sei da. Du musst da sein! *Bitte*. Die Tür öffnete sich.

»Da bist du ja.«

Er zog mich nur kurz an sich, dann zeigte er auf die Tüte. »Und?«

Ich holte das Halsband heraus. Die Leine, den Napf. Hielt ihm alles hin. Er befühlte lange das Leder des Halsbands. Die Nieten. Die Stacheln auf der Innenseite.

»Zieh dich aus.«

Ich tat, was er sagte. Schleuderte das Kostüm und die Bluse in eine Ecke und wollte ihn umarmen. Doch er stieß mich von sich weg.

»Auf die Knie.«

Er legte mir das Halsband um und zog es fest. Dann klickte er die Leine ein und verknotete sie am Tisch, nahm den Napf und ging ins Badezimmer. Ich wartete, auf allen vieren. Ich hörte, wie er den Napf mit Wasser füllte. Ich war so feucht.

Als er zurückkehrte, war er immer noch angezogen. Anzug, Hemd, Krawatte. Er stellte mir den Napf hin.

»Trink, geile Sau.«

Gehorsam schlürfte ich das Wasser. Er löste die Leine vom Tisch.

»Beweg deinen Arsch.«

Ich kroch ein paar Zentimeter über den Boden. Er riss meinen Kopf mit der Leine hoch. Die Stacheln bohrten sich in meinen Hals. Ich schaute zu ihm auf. Unsere Blicke trafen sich. Ein eigenartiger Glanz lag in seinen Augen.

»Los. Weiter, geile Sau.«

Ich fing wieder an zu kriechen. Er schlug mir auf den Arsch.

»Warum warst du nicht pünktlich?«

Ich hatte keine Antwort. Er war der Regisseur. Er hatte es so gewollt. Ich konnte nur winseln.

»Warum bist du verreist, ohne mich um Erlaubnis zu fragen?«

Weil ich diese Ehe brauche. Weil ich das alles nur aushalte, wenn da noch ein Rettungsschirm ist. Weil ich Sven liebe, wenn auch anders als dich.

»Es tut mir leid.«

»So, leid tut dir das. Ist das alles?«

Ich schwieg. Er schlug mich, mit beiden Händen, dann mit seinem Gürtel, schließlich mit dem Gummiknüppel. Der Knüppel machte ein dumpfes Geräusch auf meiner Haut, als schlüge man auf einen Sack Mehl ein. Immer wieder sauste das Ding auf mich nieder. Ich wehrte mich nicht, stöhnte und schrie nur, obwohl die Schmerzen alles Bisherige überstiegen. Die Erregung war stärker als der Schmerz. Das Gefühl, wie ein Hund vor ihm zu knien, mit hoch aufgerichtetem Arsch.

Er steckte zwei Finger in meine nasse Fotze.

»Geile Sau.«

Mit einem Fuß stieß er den Napf um. Das Wasser lief über den Boden. Er hockte sich hin, holte aus und gab mir eine Ohrfeige, so heftig, dass sie mich umwarf. Meine Wange brannte, als ich mich mühsam wieder aufrichtete.

»Das war sehr ungehorsam von dir. Leck es auf.«

Ich leckte das Wasser vom staubigen Boden. Mir war

heiß. Ich schwitzte. Überall Schweiß. Unter den Achseln, zwischen den Brüsten, zwischen meinen Pobacken. In meinem glühenden Gesicht. Er ließ seine Hose runter. Pinkelte in den Napf.

»Trink.«

Ich tat, was er sagte. Die Pisse war warm. Ich trank alles aus. Als ich den Napf ausgeleckt hatte, zog er meinen Oberkörper zu sich hoch. Dann küsste er mich. Lange, sehr lange.

»Zieh mich aus.«

Ich tat, was er sagte, obwohl ich kaum gerade stehen konnte. Mein Körper bebte von den Schlägen.

Wie eine gehorsame Magd streifte ich das Jackett von seinen Schultern und hängte es über einen Stuhl. Nahm ihm die Krawatte ab. Knöpfte sein Hemd auf, faltete es zusammen und legte es auf den Tisch. Kniete mich hin und befreite ihn von Schuhen und Socken. Öffnete seine Hose und zog sie über die Füße. So ordentlich wie möglich arrangierte ich alles auf dem Tisch und stellte die Schuhe parallel darunter. Mir war aufgefallen, dass er es so machte. Nie warf er seine Kleidung auf den Boden, immer faltete er sie ordentlich, fast pedantisch zusammen.

Als er nackt war, stieß er mich aufs Bett. Er drückte mich mit dem Rücken auf die Matratze und trieb seinen steifen Schwanz in mich rein. Mit harten Stößen begann er, mich durchzuficken.

»Sag mir, was dich geil macht.«

Ich atmete im Rhythmus seiner Stöße.

»Alles. Du.«

»Ich will wissen, was für Fantasien du hast.«

Fantasien? Er war die Erfüllung, nein, die unendliche Steigerung aller meiner Fantasien. Da blieb kein Raum mehr für andere Wünsche.

»Weiß nicht.«

Er vögelte schneller.

»Du willst es mit zwei Männern, ja? Oder mit dreien?«

»Weiß nicht. Vielleicht.«

Unscharfe Bilder tanzten vor meinen Augen. *Er*. Und andere Männer. Richtig vorstellen konnte ich es mir nicht. Er fickte jetzt mit aller Gewalt, fast wütend, und schlug mir dabei ins Gesicht.

»Wir werden noch herausfinden, was dich wirklich geil macht. Du willst drei Schwänze, ja? Einen in der Fotze, einen im Arsch, einen im Mund?«

Wir klammerten uns aneinander. Wir keuchten synchron. Es dauerte lange, bis das Beben abebbte.

Weit nach Mitternacht stürzte ich auf die Straße. Hektisch lief ich die Bürgersteige entlang, doch ich fand den Wagen nicht. Auf meinem Handy stapelten sich die Anrufe von Sven. Siebenmal hatte er angerufen, ohne auf die Mailbox zu sprechen.

Die Straßen waren dunkel und sahen alle gleich aus. Trostlose Wohnblocks, schlecht beleuchtet. Dann wusste ich es. Ich wusste, warum ich meinen Wagen nicht fand. Mit brennenden Wangen starrte ich auf das Halteverbotsschild. Verdammt. Dahinter lag eine Einfahrt, die ich nicht gesehen hatte. Wie denn auch in meiner Eile?

Ich rannte zur nächsten größeren Straße. Es dauerte eine Weile, bis ein Taxi vorbeikam. In dieser Gegend fuhr niemand Taxi. Jetzt musste ich den Film zurückrollen. Alles auf Anfang. Zur Tankstelle, umziehen. Zur Kanzlei, meine Sachen holen. Was dann? Ich hatte Sven keine Nachricht hinterlassen, wo ich war.

Als ich vor dem Bürogebäude wieder ins Taxi stieg, zog ich einen Handspiegel aus meiner Tasche und betrachtete mein Gesicht. Die Abdrücke der Ohrfeigen leuchteten mir wie Brandmale entgegen. Handtellergroß. Ich versuchte, die roten Stellen mit Puder abzudecken. Bei schwacher Beleuchtung konnte man das durchgehen lassen.

Ob Sven schon schlief? Ich hoffte es. Es war halb zwei, und ich musste eine Menge erklären, falls er wach war. Dabei konnte ich gar nichts erklären. Das hier war jenseits des Erklärbaren. Mit dem Lift fuhr ich hoch zur Wohnung. Keine Himmelfahrt.

Leise wie ein Dieb schloss ich die Wohnungstür auf. Alles war ruhig. Doch dann öffnete sich die Schlafzimmertür, und Sven stand da, mit hochgezogenen Augenbrauen.

»Die Polizei hat angerufen. Sie haben deinen Wagen abgeschleppt.«

Ich rieb mir die schmerzende Stirn.

»Ja, dumme Sache. Ich habe eine Ausfahrt übersehen.«

Er betrachtete mich skeptisch. »Kannst du mir bitte mal erklären, was du in Marzahn zu suchen hattest?«

Zitternd lehnte ich an den Türrahmen. Die harten Schläge hatten meinen Körper durcheinandergebracht, die Teile passten nicht mehr richtig zusammen. Ich drohte auseinanderzufallen wie ein Haus, dessen Wände man eingeschlagen hatte.

Mir fiel nichts anderes ein, als meinen Aktenkoffer hochzuhalten. So, als sei das ein Beweis für meine Unschuld.

»Was?«, fragte Sven.

»Ich war in der Kanzlei. Musste noch was aufarbeiten.«

Sven verzog keine Miene. »Ich habe deine Büronummer angerufen, aber du warst nicht da.«

Büro. Arbeit. Überstunden. Was noch?

»Die Sekretärin«, presste ich hervor.

»Was ist mit ihr?«

Ihre Brüste duften nach Vanille, ihre Fotze ist rasiert, und ich habe sie geleckt.

»Moment.«

Ich stellte die Aktentasche ab und streifte die Pumps von meinen Füßen. Allmählich fing ich mich.

»Sie hatte auch noch was zu arbeiten und mich dann gebeten, sie nach Hause zu fahren. Um die Uhrzeit gehen keine S-Bahnen mehr. Als Dankeschön hat sie mich zu einem Glas Sekt eingeladen.«

Ich atmete aus, zum ersten Mal, seit ich die Wohnung betreten hatte. Sven verzog abschätzig den Mund. Erzähl mir keine Märchen, sagte sein Blick. Sofort ging ich in die Offensive.

»Du liebe Güte, du gehst doch auch manchmal mit Kollegen was trinken. Mach doch kein Drama daraus.«

Sven sah zur Seite, als könnte er meinen Anblick nicht mehr ertragen. Zum Glück war es ziemlich dunkel auf dem Flur, sonst hätte er noch mehr gesehen, was er nicht ertragen hätte. Das verwüstete Gesicht einer Frau, die er nicht kannte.

»Stimmt«, sagte er. »Ich gehe manchmal mit Kollegen einen trinken. Aber ganz bestimmt nicht mit meiner Sekretärin.«

Meine Stimmung kippte. Ich war zu Tode erschöpft und wollte nur noch schlafen.

»Sie hatte Liebeskummer, wenn du es ganz genau wissen willst«, fuhr ich ihn an. »Ihr Freund hat sie verlassen. Sie musste einfach mit jemandem reden. Und jetzt lass uns ins Bett gehen. Ich muss morgen früh raus.«

Er lenkte ein. »Also schön. Aber sag demnächst Bescheid, wenn du den rettenden Engel spielst. Ich habe dich auch mehrmals auf dem Handy angerufen.« Seine Tonlage wurde sarkastisch. »Oder war dein Akku wieder leer?«

»Ich hatte auf lautlos geschaltet. Versteh doch, die Sekretärin ist nett, ich mag sie. Ich musste ihr zuhören, sie trösten. Da konnte ich nicht nebenbei telefonieren.«

Auf Strümpfen huschte ich an ihm vorbei ins Badezimmer und schloss die Tür. Ich duschte ausgiebig, denn ich stank nach Schweiß und Urin und Sperma. Dann zog ich ein langes Nachthemd an, das die Striemen verdeckte, und wand einen Seidenschal um meinen Hals. Das Nietenhalsband hatte verräterische kleine Wunden hinterlassen.

Sven lag schon im Bett, als ich ins Schlafzimmer kam.

»Halsschmerzen«, sagte ich und zeigte auf das Tuch. »Hab mich wohl bei der Sekretärin angesteckt, die hustet schon seit Tagen.«

Er verdrehte entnervt die Augen. »Du und deine Sekretärin. Was soll das Teenagergetue? Total unprofessionell, wie du dich verhältst.«

Er konnte nicht ahnen, wie unprofessionell.

»War doch nur dies eine Mal.«

Ich legte mich zu ihm und streichelte seine Wange. Doch er reagierte nicht darauf.

»Ich habe übrigens dein Auto bei der Polizei abgeholt. Die Tüte mit der Nuttenwäsche auf dem Rücksitz, ist die von deiner Sekretärin?«

SIEBEN

Der nächste Tag war ein Samstag. Ich hatte mir den Wecker auf acht Uhr gestellt. Lautlos stand ich auf und ging ins Badezimmer, wo ich in meinen Kosmetika wühlte. Schließlich fand ich, wonach ich suchte: ein Camouflage-Make-up. In dicken Schichten trug ich es auf die roten Male auf. Es sah furchtbar aus.

Anschließend zog ich mir einen Jogginganzug an, band mir einen Wollschal um und lief zum nächsten Bäcker. Es war ein klarer, sonniger Spätherbsttag, alles war bis zur Unkenntlichkeit ausgeleuchtet. Schon nach wenigen Schritten ging ich nur noch. Jede Bewegung tat weh. So unerbittlich hatte er mich noch nie geschlagen. Wie hart würde er mich das nächste Mal züchtigen? Bis mir die Knochen brachen? Sollte ich doch mit ihm darüber sprechen, wie weit er gehen durfte? Oder würde er mich schon für die Frage bestrafen?

Beim Bäcker kaufte ich großzügig ein, Croissants, Brezeln, Rosinenbrötchen, Schrippen. Im Supermarkt nebenan besorgte ich Eier, Speck, Obst und ein paar Zeitungen. Es sollte ein wunderbares Frühstück werden. Eines dieser Frühstücke, bei denen Sven und ich vertraut einander gegenübersaßen, in Zeitungen stöberten und uns gegenseitig vorlasen, was wir interessant fanden. Auch so ein neues Ritual.

Während ich zurück in die Wohnung ging, kam mir wieder die Szene in den Sinn, die Sven mir in der Nacht zuvor gemacht hatte. Ich war haarscharf an einer Katastrophe vorbeigeschrammt. Und ich hatte Glück gehabt. Nichts hätte besser zu der Wäschetüte gepasst als die Geschichte mit meiner Sekretärin.

Ich nahm mir vor, noch einmal darauf zurückzukommen. Amüsiert. Kopfschüttelnd. Zeig doch mal die Tüte. Was ist das denn für ein Dreck? Ist ja nicht zu glauben. Die zieht so ein komisches Zeug an?

Als ich in die Küche trat, stand Sven schon angezogen vor der Kaffeemaschine und machte sich einen Espresso. Erstaunt musterte er meine Einkäufe.

»Bekommst du Besuch?«

»Das ist für uns, Liebling. Endlich mal wieder in Ruhe frühstücken. Wie habe ich das vermisst!«

Ich holte die Brötchen heraus, die Eier, den Speck, die Früchte, hielt ihm die Zeitungen hin.

»Welche willst du zuerst lesen?«

Mit der immer gleichen, abgezirkelten Bewegung stellte er eine Tasse unter das silberne Rohr der Espressomaschine und drückte auf den roten Knopf. Zischend spritzte der Kaffee aus dem Rohr.

»Daraus wird nichts. Schon vergessen? Heute ist das Golfturnier. Du wolltest mitkommen. Oder ist dir deine Sekretärin lieber?«

Nicht das. Nicht einen ganzen Tag auf dem Golfplatz! Nicht diese gut gelaunten Männer und ihre rosenfrischen

Gattinnen in Kaschmir und Perlen. Und ich dazwischen, mit blauen Flecken am ganzen Körper, geschminkt wie ein Clown.

Ich biss in ein Rosinenbrötchen, obwohl ich keinen Hunger hatte. »Natürlich komme ich mit.« Entschuldigend zeigte ich auf mein Gesicht. »Sorry, ich musste heute etwas dicker auftragen. Kontaktallergie. Eine neue Gesichtscreme, die ich nicht vertragen habe.«

Noch mehr Ausreden. Ich war so müde.

»Verzeihst du mir wegen gestern Abend?«

Es war mir ernst. Die Missstimmung zwischen uns quälte mich so wie mein schlechtes Gewissen. Ach Sven, lieber, lieber Sven ... Wenn ich es dir doch erklären könnte. Aber ich kann es mir ja selbst nicht erklären, warum ich zu diesem Mann zurückgegangen bin. Glaub mir, er nimmt dir nichts weg. Nichts, was du gern hättest.

Sven seufzte, dann zog er mich in seine Arme. »Klar doch verzeihe ich dir. Schön, dass du mitkommst. Ich freue mich, ehrlich.«

Der Tag zog sich in die Länge. Es war ein Herren-Turnier, was bedeutete, dass die Männer sich auf dem Golfplatz amüsierten, während die Damen im Clubhaus Tee tranken und bleiche Gurkensandwichs aßen. Wir saßen zu acht an runden, weiß gedeckten Tischen auf rosa gepolsterten Chippendalestühlen und machten Konversation. Bereits nach einer halben Stunde ertrug ich das Geplauder über Kinder, Schulen und Kochrezepte nicht mehr. Bedauernd stellte ich fest, dass ich nicht mitreden konnte, obwohl auch ich gern von meinen Kindern erzählt hätte.

Was sollte ich schon zu den Gesprächen beitragen? Dass ich unsterblich in den Fürsten der Finsternis verliebt war? Dass ich mich ihm aus freien Stücken unterwarf? Mich schlagen und fesseln ließ?

Ich beneidete diese Frauen um ihre heile Welt, um die Schulnoten ihrer Kinder, über die sie sich Sorgen machten, um die Kuchenrezepte und Kindergeburtstage. Warum war ich nicht so normal? Und warum wollte Sven keine Kinder? War es wirklich nur seine Unabhängigkeit, um die er fürchtete?

Endlich ging es auf Mittag zu. Mit einem Glas Champagner stand ich auf der Terrasse des Clubhauses, als mein Handy klingelte. Ich sah auf das Display. Anonym. *Er* hatte mich noch nie angerufen. Doch ich wusste auf der Stelle, dass er es war.

»Hallo?«

»Was hast du an?«

Der Klang seiner Stimme genügte, um mir einen heißen Schauer über die Haut zu jagen. Ich gestikulierte entschuldigend zu den beiden Damen hin, denen ich zugehört hatte, und trat ein paar Schritte beiseite.

Was ich trug, war die Freizeituniform für Anlässe dieser Art. Designerjeans, teure, flache Loafers, Kaschmir-Twinset, Goldkettchen, Seidentuch. Darunter meine Kinderwäsche. Doch das war es nicht, was er von mir erwartete.

»Also?«

Die beiden Frauen sahen mir zu, wie ich mit hochrotem Gesicht das Handy umfasst hielt.

»Ein schwarzes Kleid. Und hohe Lackpumps«, flüsterte ich.

»Was darunter?«

Seine Stimme wirkte kurzatmig. Wichste er? Ich ging noch ein paar Schritte weiter auf die abgeblühten Rosenbeete neben der Terrasse zu. Kellner mit Tabletts voller Gläser kamen mir entgegen. Es war halb eins, das Turnier würde jeden Augenblick zu Ende sein.

»Die schwarze Ledercorsage.«

»Ich will, dass du deine Fotze aufgeilst.«

Fluchtartig stakste ich durch die Rosenbeete, überquerte ein weitläufiges Rasenstück und steuerte einen Baum an. Schwer atmend lehnte ich mich an den rauen Stamm. Mein Blick wanderte zum Clubhaus. Es war ein gelb gestrichener flacher Bau, der irgendeinen Kolonialstil imitierte. Die Terrasse füllte sich mit immer mehr Menschen.

»Ja, ich fasse sie an.«

Gib ihm die Illusion. Sei für ihn da, wann immer er Lust darauf hat. Es wurde still am anderen Ende der Leitung. Das heißt, ich hörte ihn atmen und im Hintergrund Frauenstimmen, die schrien und keuchten.

»Wo bist du?«, fragte ich.

»In einem Pornokino. Einzelkabine. Fass deine Titten an.«

In diesem Moment sah ich Sven, der mit ein paar anderen Männern vom Turnier zurückkehrte. Lachend zogen sie ihre Golfbags hinter sich her. Alle trugen sie karierte oder helle Hosen und bunte Kaschmirpullis. Ihre Heiterkeit wirkte gespenstisch, so wie das grelle Sonnenlicht, das tiefe Schatten in ihre Gesichter grub.

»Ja, ich fasse meine Titten an.«

Sven machte eine fragende Geste in meine Richtung.

Fröhlich winkend gab ich ihm ein Zeichen, dass ich gleich kommen würde. Daraufhin ging er mit den anderen zur Terrasse. In das anschwellende Stimmengewirr mischte sich Musik. Wie ein Parfum wehte sie zu mir herüber.

Sein Tonfall wurde streng.

»Sag mir, woran du jetzt denkst.«

Schaudernd stellte ich mir vor, wie er in der Kabine saß, den Blick auf einen Pornofilm gerichtet.

»Ich denke daran, dass wir jetzt zusammen in dem Kino sind. Ich knie vor dir und lecke deine Eier, während du wichst.«

»Jaaaa.« Er stöhnte. »Weiter.«

Jetzt machte sich Sven auf den Weg zu mir, zwei Gläser Champagner in der Hand. Sein argloses Lächeln zerschnitt mir das Herz. Er war nur etwa zwanzig Meter entfernt. Ich musste mich beeilen. *Seine* Fantasien bedienen.

»Da sind bestimmt noch andere Männer in dem Kino«, sagte ich mit gedämpfter Stimme. »Du lässt sie in die Kabine. Ich lecke ihre steifen Schwänze.«

»Was noch?«

Sven kam immer näher. Seine weißbraunen Golfschuhe hielten direkt auf mich zu. Bei jedem Schritt wirbelte er ein wenig Herbstlaub auf, das auf dem Rasen lag. Er war jetzt so nah, dass ich schon die Sommersprossen auf seinem Gesicht und das Grübchen in seinem Kinn erkennen konnte. Aber ich durfte nicht auflegen. Ich durfte es einfach nicht.

»Und dann ficken sie mich von hinten durch, während du mich festhältst.«

»Geile Sau.«

Sven war nur noch wenige Meter entfernt. Er konzentrierte sich auf die Champagnergläser, um nichts zu verschütten. Das Sonnenlicht ließ seinen apricotfarbenen Pullover aufleuchten.

Du musst auflegen. Nein, du darfst jetzt nicht auflegen. Gib ihm, was er braucht.

»Und wenn sie mich alle durchgefickt haben, in die Fotze, in den Mund und in den Arsch, spritzt du mir auf die Titten.«

»Aaah ... ich komme, geile Sau.«

Ich hörte nur noch das Stöhnen und Keuchen des Pornos. Sven hatte mich jetzt erreicht. Auf seinem Gesicht lag dieses entwaffnende Lächeln, das Zugehörigkeit signalisierte. Wir beide, sagte das Lächeln.

»Ich auch«, sagte ich.

Es klickte im Handy. Das Gespräch war unterbrochen.

»Was – *ich auch*?«, fragte Sven.

Seine Wangen waren von der kühlen Luft gerötet. Er hielt mir eines der Gläser hin.

»Ach, das war mal wieder der Chef, der kennt kein Wochenende.« Ich nahm Sven das Glas ab. »Aber heute lasse ich mir keine Arbeit aufdrücken. Am besten, ich stelle das Handy aus.«

Sobald wir wieder zu Hause waren, aktivierte ich das Handy. Spätabends, Sven war gerade im Bad, klingelte es erneut. Anonym.

Seine Stimme klang geschäftsmäßig.

»Ich muss etwas mit dir besprechen.«

»Ja?«

»Ich bin da in eine blöde Sache reingeraten. Ich erklär's dir ein andermal. Kannst du mir Geld leihen?«

In meinem Hinterkopf begann eine Alarmglocke zu läuten. Tu's nicht.

»Du bist der einzige Mensch, dem ich vertrauen kann«, sagte er in mein Schweigen hinein. »Ich gebe dir das Geld so bald wie möglich zurück. Ist nur ein momentaner Engpass.«

Im Bad ging die Toilettenspülung. Dann hörte ich, wie Sven den Wasserhahn aufdrehte.

»Wie viel?«

Er räusperte sich. »Zweitausend Euro.«

Das war viel Geld. Ich verdiente gut, aber es war einfach zu viel. Das konnte er nicht von mir verlangen.

Er sprach jetzt hastig, fast ungeduldig. »Leg es am Montagmorgen in einem Umschlag unter dein Auto im Parkhaus, an deinem Stellplatz. Du tust mir wirklich einen großen Gefallen damit.«

Alle Mitarbeiter der Kanzlei hatten feste Stellplätze in dem Parkhaus, das an das Bürogebäude grenzte. Woher wusste er, wo mein Parkplatz war? Er musste mich beobachtet haben. Das erschreckte und freute mich.

»Also gut. Du wirst den Umschlag vorfinden.«

Noch am selben Abend joggte ich zum nächsten Geldautomaten und hob die Summe ab. Ein momentaner Engpass, das konnte schließlich jedem mal passieren. Gemessen an meinem ziemlich hohen Gehalt, verdiente er sicher lächerlich wenig. Da war es nur gerecht, wenn ich ihm aushalf.

Es war kaum jemand im Kino am nächsten Tag. Sonntagnachmittag. Meine Lieblingszeit, um alte Filme anzuschauen. Wie immer saß ich in der zweiten Reihe. Am liebsten wäre ich in die Leinwand gekrochen.

Es wurde eine Lubitsch-Komödie gespielt, *Serenade zu dritt*. Ein Film, in dem alles federleicht war, sogar die Geometrie einer Dreiecksbeziehung. Ein Gentlemen's Agreement. So einfach, so schwerelos. Tief drückte ich mich in das weiche Polster. In den Film hineinschlüpfen und nie mehr zurückkehren.

Die Sache mit dem Geld machte mir mittlerweile doch zu schaffen, mehr als alles andere. Es beunruhigte mich. Andererseits mochte ich das Gefühl, *ihm* helfen zu können. Auch wir gehörten zusammen, irgendwie, so wie Sven und ich zusammengehörten. Nur anders.

Als ich aus dem Kino kam, entdeckte ich die SMS.

»Kauf dir eine Perücke. Wir werden ausgehen.«

Am Montagmorgen legte ich das Kuvert mit dem Geld unter mein Auto, neben den linken Vorderreifen, so wie *er* es mir aufgetragen hatte. Ich schaute mich um. Es war niemand zu sehen.

In der Mittagspause sah ich nach. Das Kuvert war verschwunden.

Anschließend ging ich in ein Kaufhaus und fragte mich zu der Perückenabteilung durch. Die Perücken waren unfassbar hässlich und ziemlich teuer. Eine Verkäuferin eilte heran. Ob sie mich beraten dürfe. Und wofür ich die Perücke bräuchte, ich hätte doch volles, dichtes Haar.

Ich erfand eine Freundin, die ich damit überraschen wolle.

»Dann sollten Sie zusammen mit Ihrer Freundin kommen. Ein Perückenkauf ist eine ziemlich persönliche Sache«, sagte die Verkäuferin spitz.

Wie recht sie hatte. Dies hier war sehr persönlich. Ich versicherte ihr, die Freundin sehe mir äußerst ähnlich. Ja, sie gleiche mir exakt in Teint und Augenfarbe. Wie eine Zwillingsschwester.

Daraufhin nahm die Verkäuferin eine dunkelblonde Langhaarperücke von einem Styroporkopf und hielt sie mir hin.

»Sehr schön, aber nicht ganz das Richtige«, wehrte ich ab. »Meine Freundin braucht etwas Ausgefallenes. Etwas, was ihren Typ verändert.«

Ich griff zu einer rothaarigen Perücke. Kastanienrote Locken. Sehr nuttig. Das würde *ihm* gefallen. Als ich mit der Perücke auf dem Kopf in den Spiegel schaute, bekam ich eine Gänsehaut. Wer war diese Frau?

Die SMS erreichte mich eine Woche später – nur die Uhrzeit und eine Adresse. Zehn Uhr also, noch am selben Abend. Ich arbeitete bis kurz nach neun, dann schickte ich Sven eine SMS.

»Tut mir leid, Schatz, es wird später heute. Warte nicht auf mich, ich muss noch zwei Dossiers durcharbeiten. Das Telefon habe ich abgestellt, weil ich hier dauernd gestört werde. Bis morgen früh, dicker Kuss.«

Es war Montagabend, die Kanzlei war leer. Dennoch ging ich von Raum zu Raum, um sicher zu sein. Erst danach schloss ich das unterste Fach meines Schreibtischs auf. Neuerdings lag die Tüte mit der Wäsche darin. Ich hatte sie an mich genommen und Sven erklärt, ich würde sie der Sekretärin diskret zurückgeben. Beide hatten wir gelacht und uns mit anzüglichen Kommentaren überboten.

Ich nahm die Tüte, in der auch die Perücke lag, und ging zur Toilette. Eine Viertelstunde später war ich nicht mehr wiederzuerkennen. Rote Locken umspielten mein übertrieben geschminktes Gesicht. Dazu trug ich ein kurzes, rotes Satinkleid mit Spaghettiträgern und halterlose Strümpfe. Ich sah billig aus. Richtig billig.

Meine Kleidung verstaute ich im Schreibtisch und schloss das Fach zweimal ab. Dann horchte ich. Nein, keine Geräusche. Niemand da. Meine Schenkel zitterten. Ich trug einen Slip, der im Schritt offen war.

Als ich die Tür der Kanzlei hinter mir zufallen ließ, stieß ich auf dem Flur mit der Sekretärin zusammen. Misstrauisch musterte sie mich.

»Wer sind Sie? Was machen …« Sie unterbrach sich. Ein Lächeln glitt über ihr schönes Gesicht. »Ach, so. Du bist es. Aber wieso …«

Ich küsste sie. Es erregte mich. So, in diesem Aufzug.

»Ich gehe auf eine Mottoparty«, raunte ich, während ich ihr meinen Lippenstift aus den Mundwinkeln wischte. »Ist eine Überraschung für meinen Mann. Und was machst du hier?«

»Hab was vergessen.«

Ihr Ausdruck wurde lüstern. »Kann ich mitkommen?«

»Nein, nein. Aber ein andermal vielleicht.«

Ich legte meine Hände auf ihre vollen Brüste. Seufzend

schloss sie die Augen. Ihr Vanilleduft legte sich schwer auf meine Haut. Ich hätte sie gern mitgenommen.

An der Adresse fand ich ein schmales, schummriges Lokal mit einem von innen beleuchtetem Tresen, der sich über die gesamte Längswand hinzog. Es roch süßlich, nach Kokosnuss-Bodylotion und klebrigen Cocktails. An den Wänden hingen große Spiegel, einige Sessel und Couchen standen in Separees aufgereiht. Fast alle waren besetzt. Mehr Männer als Frauen. Und die Frauen alle in ähnlicher Aufmachung wie ich. Nuttig.

Er war noch nicht da. Unsicher setzte ich mich auf einen Barhocker am hinteren Ende des Tresens. Dort, wo es etwas dunkler war. Und wenn er nun nicht erschien? Mich allein hierherschickte? Damit ich Dinge tat, die er sich später erzählen lassen konnte? Und für die er mich bestrafen würde?

Ein Mann sprach mich an. Anzug, Hemd, Krawatte. Wie selbstverständlich legte er eine Hand auf mein Knie. Ob ich neu sei hier. Worauf ich denn so stehe.

In diesem Moment schob *er* sich dazwischen. Mit einer resoluten Armbewegung drängte er den Mann beiseite, der ohne Protest aufstand.

Er grinste. »Da bist du ja. Du siehst scheiße aus.«

»Ich weiß.«

Kein Wort über das Geld. Er bestellte einen Cocktail. Mit einer Hand strich er über meine Schenkel. Niemand nahm Notiz davon, nur der dick geschminkte Transvestit hinter dem Tresen, halb nackt in seinem Lederbody, beobachtete uns.

»Du siehst wirklich scheiße mit dem Ding aus.«

»Dafür erkennt mich keiner.«

In den nächsten Cocktail schüttete er ein weißliches Pulver und verrührte es mit dem Strohhalm.

»Was ist das?«, fragte ich.

Er lächelte. »Vertrau mir.«

Wir tranken einige weitere Cocktails, in die er wieder etwas von dem Pulver hineingab. Um mich begann alles zu kreisen, vor meinen Augen flimmerte es. Allmählich entspannte ich mich. Etwas in mir wurde willenlos. Knochenlos. Willig.

Er schob die Träger meines Kleids so weit herunter, dass die Korsage sichtbar wurde. Sie bedeckte kaum meine Brüste. Ein paar Männer in der Nähe sahen zu uns herüber. Nein, sie stierten mich an.

»Gefällt dir das, geile Sau?«

Der ganze Bar schien zu vibrieren, alles verschmolz miteinander. Es war irritierend, aber seltsam angenehm.

»Ja, es gefällt mir.«

Jetzt zog er an der Korsage, und ich saß mit nackten Brüsten da. Während ich mich am Tresen festhielt, um nicht umzufallen, beugte er sich vor und züngelte an meinen Brustwarzen, bis sie steif und nass waren.

Dann sah er mich an und sagte nur ein Wort: »Lecken.«

Ich schaute mich um. Die Vibration wurde stärker. Der gesamte Raum schlingerte, zog sich zusammen und blähte sich auf im Rhythmus meiner Beckenmuskeln. Überall schwammen Männer in dieser atmenden Blase, dazwischen die Prostituierten.

Ich öffnete seine Hose. Er drückte meinen Kopf in seinen Schoß, und ich umschloss seinen Schwanz mit den Lippen, während er tief in meine Kehle eindrang. Beobachtete man uns? Aber war das nicht vollkommen egal? Oder war es nicht vielmehr erregend, dass wir Zuschauer hatten?

Ich erhöhte das Tempo. Mein Kopf ruckte mechanisch auf und nieder, während ich immer heftiger an seinem Schwanz saugte.

Er nahm meinen Kopf in seine Hände und hielt ihn fest.

»Schön langsam, geile Sau.«

Jetzt bestimmte er den Rhythmus. Er vögelte sich selbst mit meinem Mund. Er wichste in mich hinein. Mir wurde schwindelig. Doch ich war so erregt, dass es zwischen meinen Beinen wehtat. Er drückte meinen Kopf fester, dann spritzte er in meinen Mund. Schwall um Schwall ergoss sich in meine Kehle. Ich schluckte alles. Ich schluckte immer alles.

»Braves Mädchen.«

Benommen richtete ich mich auf und leckte mir die Lippen. Er schmeckte so gut. Nicht jedes Sperma schmeckt gleich. Manchmal schmeckt es abgestanden oder säuerlich, manchmal scharf. Sein Sperma schmeckte nach Grasmilch und Sauerampfer.

Ohne seine Hose zu schließen, nahm er meine Hand und zog mich auf eine freie Couch, in ein Separee. Die roten Kunstlederpolster fühlten sich kühl an.

»Ich will dir dabei zusehen.«

Er winkte den Mann heran, der mich angesprochen hatte. Die ganze Zeit über hatte er uns nicht aus den Augen gelassen.

»Bitte«, flehte ich. »Ich glaube, ich möchte das nicht.«

Er holte ein Kondom aus der Hosentasche und gab es dem Mann. Dann fasste er mich grob am Arm.

»Ich weiß, was gut für dich ist. Mach die Beine breit für ihn.«

»Bitte …«

Seine Stimme klang abweisend.

»Ich will es, und du bekommst es.«

Meine Zunge wurde schwer. Ich wollte weiter protestieren, doch ich hatte nicht die Kraft dazu.

Er lehnte mich zurück in die Polster und spreizte meine Beine. Das Kleid glitt hoch und gab den Blick auf meine nackte Scham frei. Unverwandt starrte der Mann darauf, während er seinen Schwanz herausholte. Ich schloss die Augen, als er sich auf die Couch kniete und in mich eindrang.

»Mach die Augen auf. Ich will deine Augen dabei sehen.«

Ich tat, was *er* sagte. Sah wie durch einen Schleier hindurch dem Mann auf mir zu, der wie ein Automat losvögelte und dabei meine Brüste leckte.

»Das gefällt dir, geile Sau, was?«

Ja, es gefiel mir. Sogar mehr als das. Ich lieferte mich bedingungsloser aus als je zuvor, und dieses Gefühl steigerte meine Geilheit ins Unendliche.

Dicht saß er neben mir. Sein Schwanz war wieder steif, er wichste ihn. Mit seiner nassen Zunge leckte er meine Ohrmuschel. Ich spürte, wie der Schwanz in mir größer wurde. Der Mann fing an zu keuchen.

»Spritz ihr ins Gesicht.«

Ohne Zögern zog der Mann seinen Schwanz aus mir heraus und streifte eilig das Kondom ab. Eine Fontäne dünnflüssigen Spermas landete in meinem Gesicht, dann noch eine und noch eine.

Er drängte den Mann beiseite und macht weiter. Legte sich meine Beine über die Schultern und fickte tief in mich rein. Wir kamen gleichzeitig. Es war das erste Mal, dass er wie von Sinnen röchelte. Als würde er in mir sterben.

Am nächsten Morgen hatte ich bohrende Kopfschmerzen. Doch was mich weit mehr peinigte, war die Erinnerung an den vorhergehenden Abend. *Er* hatte mich einem wildfremden Mann ausgeliefert, noch dazu quasi in der Öffentlichkeit. Ich schämte mich. Warum hatte ich mich nicht entschiedener gewehrt? Ob das an dem weißen Pulver gelegen hatte? Und warum zum Teufel hatte es mich so erregt?

Wie betäubt lief ich ohne Frühstück zu meinem Wagen und fuhr zur Kanzlei. Was hatte ich getan? Was hatte *er* getan?

Bei Licht betrachtet, bekam das Bild, das ich von ihm hatte, plötzlich einen Riss. Was wir taten, was ich zuließ, hatte auf größtmöglicher Intimität beruht. Es war ein Geheimnis hinter fest verschlossenen Türen gewesen, und es hatte nur uns gehört. Jetzt hatte er einen Fremden in unsere geheimen Gärten hineingelassen, ohne mein Einverständnis, ohne die geringste Chance abzulehnen.

Aber wollte ich es nicht so? Genau so? Diesen Kontrollverlust, diese Überwältigung? Er war mein Meister. Er wusste, was gut für mich war. Auch wenn es mir Angst einjagte, erregte es mich. Ja, es hatte mich erregt, mit einem wildfremden Mann zu ficken. Auch jetzt wurde ich feucht, als ich daran dachte, wie willenlos ich gewesen war, nichts als ein geiles Stück Fleisch.

Kurz nachdem ich im Büro angekommen war, klingelte das Festnetztelefon. Er hatte mich noch nie in der Kanzlei angerufen, deshalb traf mich seine Stimme unerwartet wie ein Faustschlag.

»Was hast du an?«

Ein Kollege saß neben mir. Wir gingen gerade die Einzelheiten einer Präsentation durch. Ich hielt eine Hand auf die Telefonmuschel.

»Moment, bitte.«

Höflich bat ich den Kollegen, kurz aus dem Raum zu gehen. Er hob ungehalten die Augenbrauen. Wir hatten nur noch zwanzig Minuten, dann sollten wir einem Klienten unser Konzept präsentieren.

Als der Kollege endlich draußen war, war die Leitung tot. Kurz danach kam eine SMS.

»In fünf Minuten im Parkhaus.«

Das war völlig unmöglich. Die Konferenz zu verpassen, konnte ich mir nicht leisten. Es war ein äußerst wichtiger Klient, und die Zeit drängte. Ich rief ihn an, mit schweißnassen Händen.

»Es tut mir so leid, aber es geht absolut nicht. Später vielleicht. In der Mittagspause.«

»In fünf Minuten im Parkhaus. Sonst ...«

Mein Körper reagierte sofort. Ich fing an zu zittern. Tränen schossen mir in die Augen. Sonst siehst du mich nie wieder. Er musste es gar nicht erst aussprechen. Ich gab mich geschlagen.

»Ich werde da sein. Wo genau?«

»Drittes Parkdeck. Platz 307.«

Mein Körper flog. Ich schloss das Fach an meinem Schreibtisch auf und holte einen schwarzen Spitzen-BH mit passendem Slip aus der Tüte. Im Laufschritt rannte ich zur Toilette. Dem Kollegen sagte ich anschließend, dass ich dringend zum Arzt müsse. Ein Migräneanfall. Ganz plötzlich. Er schlug die Hände über dem Kopf zusammen.

Mein Verhalten war unverzeihlich, und ich wusste es. Ich gefährdete den Auftrag. Von Anfang an hatte ich mich darum gekümmert. Ohne mich würde die Präsentation nicht stattfinden können. Vielleicht entzog man der Kanzlei daraufhin sogar den Auftrag. Der Klient hatte strenge Deadlines.

Mit hämmerndem Herzen rannte ich aus der Kanzlei und die Treppen hinunter. Riss die schwere Eisentür zum Parkhaus auf. Nahm dort im Treppenhaus immer zwei Stufen auf einmal, bis ich den dritten Stock erreichte. Kalter Schweiß stand auf meiner Stirn. *Sonst siehst du mich nie wieder.*

Ich sah auf die Uhr. Drei Minuten zu spät.

Er erwartete mich im Dienstwagen. Als ich an die Scheibe klopfte, stieg er aus. Kein Lächeln, keine Regung. Seine Gesichtszüge waren wie versteinert.

»Das war sehr ungehorsam von dir.«

Ich senkte den Kopf. Atemlos vor mich hin hechelnd,

starrte ich auf seine Schuhspitzen. Es waren die Schuhe, die ich geleckt hatte.

»Du hast mir widersprochen. Erst gestern Abend, und eben noch einmal. Nennst du das Gehorsam?«

Er zog etwas aus seiner Hosentasche. Es war ein schwarzer Gummiball, an dem eine Schnur aus demselben Material befestigt war.

»Warte«, sagte ich hastig. »Ich habe gleich einen sehr wichtigen Termin ...«

Weiter kam ich nicht. Blitzschnell umfasste er mit einer Hand meinen Kiefer, mit der anderen öffnete er meine Lippen und schob mir den Gummiball in den Mund. Er band die Schnur fest um meinen Kopf, sodass ich den Ball nicht ausspucken konnte. Dann zerrte er mich zur Kühlerhaube. Sie war noch warm. Ich spürte es, als er mich daraufwarf, das Gesicht nach unten.

»Es gibt nichts zu bereden. Hast du verstanden?«

Er riss meinen Rock hoch und den Slip runter.

Der Knebel in meinem Mund machte jede Antwort unmöglich.

»Bleib so«, befahl er. »Beweg dich keinen Millimeter.«

Voller Angst presste ich mich an das warme Metall. Das hier war brandgefährlich. Es könnte jemand kommen, mich so sehen. Und in der Kanzlei suchte man bestimmt schon nach mir. Doch ich wagte nicht, ihm wegzulaufen.

Der Kofferraum wurde geöffnet und knallend geschlossen. Eine Sekunde später spürte ich die Peitsche auf meinem Po. Ich wollte schreien, doch nur ein armseliger, wimmernder Laut kam heraus.

»Du stehst mir jederzeit zur Verfügung«, sagte er streng. »Wann ich will wo ich will und wie ich es will!«

Er schlug mich lange. Viel zu lange. Ich konnte die Schläge nicht mehr unterscheiden, sie flossen ineinander wie ein Flammenmeer. Tränen liefen mir übers Gesicht, rannen auf die Kühlerhaube. Es war anders heute. *Er* war anders. Unkontrolliert. Gnadenlos.

Merkte er denn nicht, dass ich keine Lust verspürte? Dass ich litt, nur litt? War es ihm egal? Hatte er deshalb den Gummiball in meinen Mund gesteckt, damit ich nicht mal die Chance hatte, das Safeword zu sagen?

Jetzt endlich reagierte ich. Ich drehte mich halb zu ihm um. Duckte mich zur Seite, wollte weglaufen. Aber er schien darauf gefasst zu sein. Grob packte er mich bei den Schultern und warf mich zurück auf die Kühlerhaube. Mit einer Hand umfasste er meinen Hals, dann legte seinen Daumen an meine Kehle.

»Du bleibst hier. Sonst drücke ich zu.«

Ich fürchtete schon, ohnmächtig zu werden, als er mir den Schaft der Peitsche in den Arsch rammte. Vom Schmerz überwältigt, bäumte ich mich auf. Es war, als würde ich bei lebendigem Leibe zerrissen. Und schon schob er mir seinen Schwanz in die Fotze. Ich war so eng und verkrampft und trocken vor Angst, dass es zum ersten Mal wehtat.

Er kam schnell. Heftig atmend hielt er inne und wartete, bis er alles in mich hineingespritzt hatte. Da war nichts mehr in mir. Kein Gedanke, kein Gefühl, nur Leere. Apathisch lag ich auf der Kühlerhaube und registrierte das rhythmische Zucken seines Schwanzes. Endlich zog er ihn heraus und holte den Gummiball aus meinem Mund.

Der Ball glänzte von meinem Speichel. Es waren einige Bissspuren darauf. Er nahm ein weißes Tuch aus seinem Jackett und wischte den Ball sorgfältig ab. Zitternd stützte ich die Ellenbogen auf die Kühlerhaube. Ich konnte mich kaum bewegen. Es dauerte eine Weile, bis ich mich aufgerichtet hatte.

Er betrachtete mich kalt.

»Das nächste Mal werde ich nicht so nett sein.«

Mehr hatte er mir nicht zu sagen? Ich wartete auf eine Umarmung, auf ein Zeichen, auf irgendwas. Vielleicht auf eine Entschuldigung oder zumindest eine Erklärung für diesen Gewaltausbruch.

Seine Stimme war vollkommen ausdruckslos.

»Du kannst jetzt gehen.«

Ich wollte nicht gehen. Noch nicht. Unsicher wankte ich auf ihn zu und schmiegte mich an ihn. Umarme mich. Küss mich. Zeig mir, dass ich nicht nur ... Ich konnte den Satz nicht zu Ende denken.

Er löste meine Arme von seinem Körper.

»Geh jetzt.«

Ich drehte mich um und ging. Gebeugt und mit hängenden Schultern stolperte ich vorwärts, Richtung Treppenhaus. Als ich es fast erreicht hatte, wandte ich mich noch einmal um. Er polierte die Kühlerhaube mit dem weißen Tuch. Er würdigte mich keines Blicks.

ACHT

Erst im Treppenhaus brach ich zusammen. Ich hockte mich auf eine der Betonstufen. Alles in mir war wie erfroren. Schockstarre. Die Prügel schmerzten am ganzen Körper, aber am schrecklichsten war das Gefühl völliger Verlorenheit. *Er* hatte sich verhalten wie ein Feind, wie jemand, der mich vernichten wollte. Das war keine Liebe mehr, nicht mal eine abgründige Affäre, nur brutalste Misshandlung. Er hatte sich an mir abreagiert wie irgendein gewalttätiger Mann. So wollte ich es nicht. So ertrug ich es nicht. Er hatte mich zerstört.

Bewegungslos saß ich da. Ich hatte einen bitteren Geschmack im Mund, den Geschmack von Gummi und Erniedrigung.

Es dauerte eine Weile, bis ich mich zurück in die Kanzlei schleppen konnte. Auf der Toilette wusch ich mir das tränenverschmierte Gesicht. Dann trat ich auf den Flur. Niemand war zu sehen. Schuldbewusst sah ich zur geschlossenen Tür des Konferenzraums und lauschte auf die gedämpften Stimmen, die zu mir drangen. Ich hätte da hineingehen müssen, die Situation irgendwie retten. Doch in meinem Zustand war das ausgeschlossen. Ich war am Ende. In meinem Büro verschloss ich das Fach mit der Wäsche, das noch offen stand, dann nahm ich meinen Aktenkoffer und meine Handtasche und ging. Ich war so gebrochen, dass ich ein Taxi brauchte. An Autofahren war gar nicht zu denken. Es war keine Kraft mehr in meinen Armen und Beinen. Nur der Fluchtinstinkt trieb mich vor sich her. Weg hier. Verkriechen. Schlafen und nie wieder aufwachen.

Zu Hause zog ich mich aus und stellte mich mit dem Rücken vor den Badezimmerspiegel. Tiefrote Striemen überzogen meinen Po, an einigen Stellen war die Haut aufgeplatzt. Ich wischte das Blut ab und verbrauchte eine halbe Packung Heftpflaster, um die Wunden zu versorgen. Dann zog ich meinen dicksten Jogginganzug an und ging ins Bett.

Jetzt erst fing ich an zu weinen. Ich konnte gar nicht mehr aufhören. Durch mein Schluchzen hindurch hörte ich das Handy klingeln. Das Display zeigte die Nummer der Kanzlei an. Ich atmete ein paarmal ein und aus, bevor ich ranging.

»Ja?«

Es war die Sekretärin.

»Süße, wo bist du? Der Alte rastet total aus. Es hat hier einen Riesenskandal gegeben.«

Ich ließ mich zurück auf das Kissen sinken.

»Sorry, ich hatte einen Migräneanfall. Inzwischen war ich beim Arzt und habe schwere Medikamente bekommen. Vor nächster Woche könnt ihr nicht mit mir rechnen.«

»Der Auftrag ist weg, die Klienten waren stocksauer«, erzählte sie aufgebracht. »Aber das ist noch nicht alles.«

Eine ungute Ahnung presste meinen Brustkorb zusammen.

»Was denn noch?«

Sie senkte ihre Stimme. »Dein Kollege. Der, mit dem du den Fall bearbeitest. Als du so plötzlich verschwunden warst, ist er in dein Büro gegangen. Er wollte wenigstens die Unterlagen für die Präsentation holen, wenn du schon nicht da warst.«

Ich hielt den Atem an. *Das Fach*. Ich hatte das Fach nicht verschlossen, bevor ich ins Parkhaus gerannt war. Bitte nicht, betete ich stumm. Bitte.

»Er hat deine Sachen gefunden. Diese ganze Sexwäsche, die Strapse, die Perücke. Er hat mir das Zeug gezeigt und auch noch ein paar anderen Kollegen. Die zerreißen sich gerade das Maul über dich. Ist nur eine Frage der Zeit, wann der Chef Wind davon kriegt.«

Das war das Aus. Ich war mausetot. Ein tiefer Seufzer erklang am anderen Ende der Leitung.

»Hallo, bist du noch da?«

»Ja.«

»Na, und was sagst du? Hast du eine gute Geschichte, die ich denen auftischen kann?«

Mein Kopf war wie leer gefegt.

»Nein, keine Geschichte.«

»Ich muss Schluss machen«, wisperte die Sekretärin. »Und vergiss nicht, ein Attest reinzuschicken. Sonst schmeißen sie dich gleich raus.«

Sie beendete das Gespräch. Wie ein totes Stück Holz fiel mein Arm mit dem Handy auf das Bett. Ich hatte keine Tränen mehr. Nur noch die Gewissheit, dass meine Welt gerade lautlos in sich zusammenstürzte.

Wimmernd zog ich die Knie bis ans Kinn, umschlang

sie mit den Armen und wiegte mich in den Schlaf. So fand mich Sven, als er abends ins Schlafzimmer kam. Er drehte das Licht an und musterte mich entgeistert.

»Was ist passiert?«

Ich konnte nur stammeln. »Ich-ich b-bin k-krank.«

Er setzte sich auf die Bettkante und nahm meine Hand.

»Du bist nie krank. Was ist los mit dir?«

Mühsam nach Worten ringend, erklärte ich ihm, dass ich die nächsten Tage im Bett bleiben müsse.

Sven schüttelte den Kopf. »Ich werde sofort einen Arzt kommen lassen. Du kannst hier nicht einfach so liegen bleiben.«

Erschrocken fuhr ich zusammen. Ein Arzt würde mich untersuchen, die Striemen entdecken. Und Sven darauf ansprechen. Es würde alles herauskommen.

»Ich brauche keinen Arzt«, flüsterte ich. »Ich will nur schlafen.«

Er ließ meine Hand los. »Sei mir nicht böse, aber deine Stimmungsschwankungen gehen mir allmählich auf die Nerven. Du lässt dich ziemlich gehen, würde ich sagen. Kannst du dich nicht mal zusammenreißen?«

»Entschuldige, Sven, ich versuche es.«

Ich holte mir seine Hand zurück. Legte sie mir auf das tränenüberströmte Gesicht. Schnupperte an dem vertrauten Geruch.

»Schön, dass du da bist. Ich liebe dich.«

Sven gab keine Antwort.

Am nächsten Morgen war mir immer noch hundeelend. Sven brachte mir Kaffee und Toast ans Bett. Er wirkte angeödet. So mochte er mich nicht, so krank und leidend. Ich konnte ihn sogar verstehen. Aber hieß es nicht, man solle zueinanderstehen in guten und in schlechten Tagen? Sven war nur an den guten Tagen interessiert, das hatte er mir schon öfter zu verstehen gegeben. Er wich unmerklich zurück, als ich meine Arme um ihn schlang.

»Geht es dir besser?«

Es klang vorwurfsvoll. In Svens Welt gab es weder Krankheit noch Schwäche, nur mangelnde Willenskraft.

»Ein bisschen«, log ich.

»Ruh dich aus. Ich komme heute Abend so früh wie möglich nach Hause.«

»Ja, und danke, Sven.«

Als er gegangen war, rief ich Suse an. Mein Atem flog.

»Kannst du vorbeikommen? Es ist dringend.«

»Geht leider nicht, ich habe gleich ein Meeting.«

Verzweifelt umklammerte ich das Handy.

»Suse, ich ...« Meine Stimme brach.

»Hat es mit diesem Mann zu tun?«, fragte sie, hörbar beunruhigt.

»Ja.«

»Okay, ich verschieb das Meeting. Bin in spätestens zwanzig Minuten da!«

Eine Viertelstunde später klingelte Suse Sturm. Als ich ihr öffnete, schloss sie mich in die Arme. Stumm standen wir im Flur, während ich mein Gesicht in ihre Halsbeuge presste und weinte. So bitterlich, dass sie meinen Kopf zu sich drehte und mir in die Augen sah.

»Was hat der Kerl dir angetan?«

Stockend erzählte ich ihr von der Szene in der Garage.

Von den viel zu harten Schlägen. Von dem Geld. Und dass ich mich in der Kanzlei völlig entblößt hatte durch meine Unachtsamkeit, meine Dummheit, meine verhängnisvolle Devotheit. Nur die Szene in der Bar ließ ich weg, dafür schämte ich mich zu sehr.

»Ich würde ihm am liebsten persönlich meine Meinung sagen«, schnaubte Suse. »Eigentlich hätte *er* die Schläge verdient. Scheißkerl. Was ist, wirst du ihn anzeigen?«

Erschrocken sah ich sie an. »Zur Polizei gehen? Bist du wahnsinnig?«

Sie zuckte mit den Schultern. »Verstehe schon, das gäbe einen Riesenskandal. Trotzdem gehört er eingesperrt.«

Sie führte mich ins Wohnzimmer, und wir setzten uns auf die Couch. Ihr Blick schweifte umher, über die eleganten Möbel, die blütenweißen Wände, die Zeitung, die auf dem Couchtisch lag.

»Sieh dir das an«, sagte sie wütend. »Sieh es dir genau an. Das alles hättest du fast verloren, weil du nicht rechtzeitig die Notbremse gezogen hast. Verdammt, ich hätte es dir schon eher sagen sollen: Du hast ein Riesenglück mit Sven. Was denkst du denn, wie grauenhaft es ist als ewiger Single? Ich habe mehr als genug davon. Meinen kleinen Finger würde ich geben, wenn abends so ein netter Ehemann auf mich warten würde.«

Sprachlos hörte ich ihr zu. Suse, die Verfechterin der freien Liebe, sehnte sich nach einem Ehemann? Warum hatte sie mir das bisher verschwiegen? Weil sie nicht zugeben wollte, dass sie mich beneidete? Weil sie sich schämte?

Sacht strich ich ihr über das rote Haar. Wie sehr ich sie mochte. Und wie sehr sie mich rührte. Auf einmal wirkte sie zerbrechlich.

»Das wird schon«, beteuerte ich. »Wenn du es dir wirklich wünschst, kommt der Traumprinz vorbei und holt dich auf sein Schloss, und dann …«

»Du wirst diesen Mann nie wiedersehen«, unterbrach sie mich in einem so harten Tonfall, dass ich zusammenfuhr. »Er würde dir noch schlimmere Dinge antun, verlass dich drauf. Lösch seine Nummer, lösch alle SMS. Vermeide jeden Kontakt. Er will deinen Willen brechen, und zwar komplett. Wenn du ihn damit durchkommen lässt, wird nichts, aber auch gar nichts von dir übrig bleiben.«

Den Rest der Woche verbrachte ich zu Hause. Abwechselnd verdämmerte ich die Zeit im Bett und auf der Couch. Der Fernseher lief ohne Pause, ohne dass ich das Programm wechselte. Ich wollte nur nicht, dass es still wurde. Ich fürchtete mich vor der Stille in mir.

Sven hatte von einem befreundeten Arzt ein Attest besorgt und an die Kanzlei geschickt. Er brachte mir jetzt abends immer etwas zu essen mit. Doch ich hatte keinen Appetit. Sobald ich versuchte, in eines der mitgebrachten Sandwichs zu beißen oder das Asia Food zu probieren, würgte es mich.

Mein Handy rührte ich nicht an. Ausgeschaltet lag es in der Jackentasche meines Jogginganzugs. Ich musste vorsichtig sein. Sven war neugierig geworden, und er kannte mein Passwort. Ich hatte es nicht über mich gebracht, *seine* SMS zu löschen, verdammt. Schon allein dafür hasste ich mich.

Morgens, wenn Sven aus dem Haus war, bestrich ich meine Wunden mit Heilsalbe. Auf einigen hatten sich bräunliche Krusten gebildet. Nie wieder. Es war vorbei. Nicht wegen des Schmerzes. Wegen der Kälte in seinem Blick.

Noch unter den schlimmsten Qualen hatte ich in seinen Augen immer etwas gesehen, was die Gewalt schön und erregend gemacht hatte. Vielleicht war es nicht mal Anteilnahme gewesen, aber doch so etwas wie teilnehmendes Interesse.

Er hatte mir gezeigt, wer ich wirklich war, hatte diese verborgene andere Frau in mir zum Vorschein gebracht. Weil es ihm aus irgendeinem Grunde wichtig schien. Ich war ihm wichtig. Deshalb hatte er mich Schritt um Schritt auf die abgewandte Seite des Mondes geführt, voller Umsicht und Raffinesse. Ein Meister des Führens. Und ein Meister der Inszenierung.

Nichts war zufällig geschehen. Alles war einer geheimen Choreografie gefolgt, so wie er es geplant hatte. Tagelang musste er sich damit beschäftigt haben, welche Grenze ich als Nächstes überschreiten sollte, um mich dann mit Nähe und Zugewandtheit zu belohnen. Das hatte mir Sicherheit gegeben. Das hatte uns verbunden. Doch diese Verbindung war jäh unterbrochen worden.

Warum, blieb mir ein Rätsel. Lag es wirklich daran, dass ich in der Bar nicht gleich eingewilligt hatte, mich von diesem fremden Mann vögeln zu lassen? Und dass ich nicht wie auf Kommando ins Parkhaus gekommen war, sondern versucht hatte, ihn auf später zu vertrösten? Oder waren das Vorwände?

Ich erschrak bei dem Gedanken, dass seine raffinierten Inszenierungen vielleicht nur der Auftakt roher Gewalt gewesen waren. Dass er mich in eine Falle gelockt hatte, um schließlich die Maske fallen zu lassen. War es diese Gewalt, worauf er wirklich stand? Diese rücksichtslose Brutalität, bei der es nicht mehr darum ging, ob es mir gefiel, ob es mich erregte, ob ich es genoss?

Letztlich geschah mir das alles zu Recht. Dieser Mann war Sünde und Bestrafung in einem, das hatte ich schon nach unserer ersten Nacht begriffen. Jetzt bekam ich die Quittung für meine Arglosigkeit, meine widerliche Schwäche, auch für meine romantische Blindheit. Ich war mit offenen Augen in mein Verderben gerannt. Weil ich ihn liebte. Und weil ich geglaubt hatte, dass er mich ebenso liebte.

Schluchzend krümmte ich mich auf dem Sofa zusammen. Er liebte mich nicht mehr, wenn er mich denn überhaupt je geliebt hatte. Vielleicht hasste er mich sogar. Und war entschlossen, mich zu einem winselnden Stück Fleisch zu degradieren, das ihm und anderen Männern zu Willen war. Suse hatte recht. Ich durfte ihn nie wiedersehen.

Am darauffolgenden Samstag ging es mir etwas besser. Sven hatte ein paar DVDs ausgeliehen. Den ganzen Tag lagen wir auf der Couch und sahen Actionfilme. Die Füße auf den Couchtisch gelegt, aßen wir Pizza, Sushi und Gummibärchen. Ich fühlte mich wie ein Teenager, dessen Eltern nicht daheim sind. Übermütig und gelöst.

Mir war ein bisschen schlecht von dem ganzen Durcheinander, doch ich ließ mich dadurch nicht im Geringsten von meiner guten Laune abbringen. Wenn die Actionhelden in Gefahr waren, klammerte ich mich übertrieben theatralisch an Sven. Wenn sie schöne Frauen eroberten, küssten wir uns. Als Svens Küsse intensiver wurden, erstarrte ich.

»Schade«, murmelte er. »Ich dachte, dass du endlich aufhörst rumzuzicken.«

Sein harter Tonfall genügte. Unvermittelt brach ich in Tränen aus. Von einem Moment auf den anderen war alles wieder da. Das Parkhaus. Die Kühlerhaube. Der Gummiball. Die unerbittlichen Schläge. Diese schreckliche Kälte in *seinen* Augen. Mich fröstelte. Ich bebte am ganzen Körper.

Unwillig sah Sven mich an.

»Offen gestanden habe ich mir unsere Ehe so nicht vorgestellt. Eine Weile kann ich ja Mutter Teresa spielen, aber jetzt reicht es mir. Wie lange willst du denn noch rumhängen und Trübsal blasen? Sag endlich, was wirklich mit dir los ist.«

Schluchzend rieb ich mir das nasse Gesicht mit dem Ärmel meiner Joggingjacke ab.

»Ich bin so müde. Ich habe ständig Kopfschmerzen. Ich kann nicht mehr.«

Seine Miene hellte sich plötzlich auf.

»Burnout«, sagte er, »du hast einen Burnout.«

Jetzt hatte er endlich einen Begriff für mein Verhalten. Er schnippte befriedigt mit den Fingern.

»Natürlich – du bist überarbeitet und komplett ausgebrannt. Hätte ich mir gleich denken können! Du brauchst professionelle Hilfe. Lass mich das übernehmen. Ich organisiere dir den besten Therapeuten der Stadt, und dann hat das hier ein Ende.«

»Gute Idee. Danke, Sven.«

Er runzelte die Stirn. »Morgen bin ich auf dem Golfplatz verabredet, danach ist die Saison zu Ende. Aber ich könnte auch absagen. Was meinst du? Schaffst du es morgen allein?«

»Kein Problem«, antwortete ich.

Ich gönnte ihm den Tag draußen auf dem Platz. Golf spielen war seine Passion. Außerdem gefiel mir die Aussicht, ganz allein in einem weichen Kinosessel zu versinken, auf die Leinwand zu starren und mich an nichts mehr zu erinnern.

Erleichtert sah Sven mich an. »Also gut. Du ruhst dich aus, und gleich nächste Woche fängst du mit einer Therapie an. Burnout ist keine Schande.« Er grinste. »Es trifft immer die Besten.«

Damit war seine Welt wieder in Ordnung, während meine in Schutt und Asche lag.

Am Tag darauf ging ich in die Fünfzehn-Uhr-Vorstellung meines Lieblingskinos. Ich kaufte mir salziges Popcorn und setzte mich in die zweite Reihe. Das Kino war so gut wie leer, wie meist am Sonntagnachmittag. Ganz so, wie ich es gern hatte. Schon während der Werbung war es wieder da, das Wohlgefühl, außerhalb von Zeit und Raum zu existieren. Ich streckte die Beine aus und rutschte tiefer in den Sitz. Noch bevor der Film begann, fielen mir die Augen zu.

Etwas weckte mich. Nur widerwillig tauchte ich aus dem Nichts auf, in das ich geglitten war. Schläfrig sah ich zur Leinwand.

Es lief ein alter Schwarzweißfilm, *Manhattan*. Diane Keaton und Woody Allen saßen gerade bei ihren Therapeuten. Es war eine Splitscreen-Szene. Diane Keaton sagte, ihr Freund wolle zu viel Sex, zwei-, dreimal die Woche. Worauf Woody Allen seinem Therapeuten sagte, seine Freundin verweigere sich quasi, sie hätten nur zwei-, dreimal in der Woche Sex.

Gute Pointe. Doch das war es nicht, was mich hatte erwachen lassen. Jemand saß neben mir. Und er saß nicht nur neben mir, sondern beugte sich zu mir herüber.

Die Stimme klang heiser. »Da bist du ja.«

Mir wurde eiskalt. Der Pappbecher fiel mir aus der Hand, und das Popcorn rieselte auf den Boden. Gelähmt vor Entsetzen saß ich da.

Er lächelte. »Wie geht es dir?«

Er war es. *Er* saß neben mir. Klar, er wusste ja, wo ich wohnte. Er hatte mich ausgespäht, mich verfolgt, mich erwischt. Hatte sich in mein Allerheiligstes eingeschlichen, meinen Kinonachmittag. Machte alles kaputt. In mein Entsetzen mischte sich Wut. Was für ein elender Kerl!

Ich nahm all meinen Mut zusammen, als ich seinen eisigen Tonfall aus dem Parkhaus nachahmte.

»Du kannst jetzt gehen.«

»Nein, ich werde nicht gehen. Ich möchte bei dir sein. Wir gehören zusammen.«

Im flackernden Licht der Szenenwechsel sah sein Gesicht unwirklich aus. Als sei er soeben dem Film entstiegen. Doch er war Realität. Ein Abgesandter der Hölle. Es ist endgültig vorbei, begreif das endlich, du Teufel!

Ich sprach die beiden Worte überdeutlich aus.

»Geh jetzt.«

Nun lächelte er nicht mehr. Stattdessen lehnte er seinen Kopf an meine Schulter wie ein todmüdes Kind. Während Diane Keaton und Woody Allen weiter aneinander vorbeiredeten, suchten seine Hände die meinen.

»Ich habe dich so vermisst.«

Die Wirkung seiner Berührungen war schockierend. Obwohl mein Verstand rebellierte, sehnte sich alles in mir ihm entgegen. Halb ohnmächtig sog ich seinen Geruch ein, zog mit den Augen die Konturen seines Körpers nach. Nie war mir ein Mensch derart vertraut gewesen. Doch es war vorbei.

Ich rückte von ihm ab.

»Tu mir einen Gefallen und verschwinde«, zischte ich halblaut. »Und wenn du weiter den Stalker machst, zeige ich dich an. Klar so weit?«

Er rührte sich nicht, legte nur wieder den Kopf an meine Schulter. Ich hatte nicht übel Lust, ihn zu schlagen. Auf ihn einzudreschen mit der ganzen Kraft meiner verletzten Seele. Aber das wäre zu billig gewesen.

Ich stand auf.

»Wage nicht, mich noch einmal zu belästigen«, fauchte ich ihn an. »Wenn du nicht gehst, tu ich es.«

Plötzlich fiel er auf die Knie und umklammerte meine Beine.

»Ich liebe dich«, murmelte er. »Du ahnst nicht, wie sehr.«

»Unsinn. Du liebst es, Frauen zusammenzuschlagen.«

»Nein, das ist es nicht«, schluchzte er. »Ich brauche dich, nur dich, versteh das doch.«

Hinter uns wurde es unruhig im Kinosaal. Jemand rief »Setzen!«, ein anderer »Besprecht euren Mist gefälligst zu Hause!«

Ich ging in die Hocke. Noch immer umklammerte er meine Waden. Ich wollte schreien, ihn abschütteln, ihn treten. Aber es ging nicht. *Ich brauche dich*, diese drei Worte hatten meinen Widerstand gebrochen. Ging das nicht viel weiter als: »Ich liebe dich«?

Der Schrei erstickte in meiner Kehle, während eine längst vergessene Zeile in meinen Ohren dröhnte: »Wer, wenn ich schrie, hörte mich denn aus der Engel Ordnungen?« Dieser Mann war mein Alles, mein Leben und mein Verderben. Ein jeder Engel ist schrecklich.

»Verzeih mir«, flüsterte er. »Es tut mir so leid. Ich weiß nicht, was mit mir los war. Es hätte nie passieren dürfen. Du bist das Beste, was mir je in meinem Scheißleben passiert ist. Ich mache alles wieder gut. Ich brauche dich.«

Ganz vorsichtig küsste er mich mit geschlossenen Lippen, als sei ich aus hochzerbrechlichem Material. Sein Mund fühlte sich warm und weich an. Er roch gut. Rasierwasser, Pfefferminz und noch etwas.

Ich erschauerte. Wir waren wieder da, wo wir am ersten Tag gewesen waren. In der ersten Nacht. Reset. Alles auf null. Es war die Magie des Anfangs. Der Sog der Verführung. Es war so überwältigend schön, dass alles andere plötzlich ausgelöscht war. Wir sanken auf den Boden vor den Kinosesseln und umarmten uns.

Ja, ich wusste, dass er nicht gut für mich war. Denn das

Schöne ist nichts als des Schrecklichen Anfang. Aber ich konnte nicht anders. Aufschluchzend presste ich mich an meinen schwarzen Engel. Er hielt mich fest. Nahm mich an sein Herz. Liebkoste mein Haar. Küsste mein Gesicht über und über. Nicht mit ihm und nicht ohne ihn. Er war mein Schicksal.

Am Montagmorgen stellte ich mein Handy wieder an und checkte die Mails. Der Chef hatte mir eine wütende Suada geschickt. Ein wichtiger Klient sei verloren, und das sei allein meine Schuld. Nur aufgrund meines außergewöhnlichen Einsatzes in den vergangenen Monaten sehe er vorerst von einer Kündigung ab. Aber ich sei ihm eine Erklärung schuldig. Und diese dulde keinen Aufschub.

Sofort schrieb ich ihm eine Mail zurück. Ich hätte einen Burnout, mein Gesundheitszustand sei bedenklich, aber in ein paar Tagen sei ich möglicherweise bereit für ein Gespräch.

Dann klickte ich den SMS-Speicher an. Er quoll über von Messages. Sie waren fast alle von *ihm*. Ich löschte sie, ohne sie zu lesen. Es war alles gesagt. Er brauchte mich, und ich gehörte ihm. Nach einigem Nachdenken schickte ich ihm eine SMS. Er antwortete sofort.

NEUN

Drei Tage später stand ich im Büro des Kanzleichefs. Es war zehn Uhr vormittags. Der Chef betrachtete mich mit sichtlichem Widerwillen.

»Setzen Sie sich.«

Ich nahm auf einem der Stahlrohrstühle Platz. Es war ein großes Büro, penibel aufgeräumt, mit großzügigen Fensterfronten. Nur ein verchromter Aktenschrank deutete an, dass hier gearbeitet wurde. Auf dem fast leeren Schreibtisch stand ein Blumenstrauß. Der wievielte war heute? Hatte der Chef Geburtstag? Egal.

Gewichtig warf er sich in Positur. Ich musterte seine magere Gestalt, die herabgezogenen Mundwinkel, das gefährliche Funkeln in seinen Augen. Eigentlich hätte ich Angst haben müssen. Angst um meinen Job, um meinen Ruf. Doch ich hatte keine Angst mehr. Seit ich ganz andere Ängste kannte, war eine Situation wie diese vollkommen harmlos für mich. Unter meinem Rock spürte ich den feinen Druck der Strapse auf meinen Schenkeln.

Mit mühsam unterdrücktem Zorn faltete der Chef seine Hände und legte sie auf die polierte Wurzelholzplatte seines Schreibtisches.

»Um auf den Vorfall in der vergangenen Woche zu sprechen zu kommen …«

Ich hörte gar nicht hin, starrte nur auf seinen Mund. Auf die Spuckebläschen, die sich beim Sprechen in den Mundwinkeln bildeten. Auch der Chef war nur ein Mann. Welche Fantasien hatte er? Lebte er sie aus? Seine Frau war eine matronenhafte Blondine, die für ihre schnippische Art bekannt war. Bestimmt hatte sie ihren Mann schon seit Jahren nicht mehr rangelassen.

Erst als er das Wort »Wäsche« erwähnte, richtete sich meine Aufmerksamkeit wieder auf den Monolog.

»… muss ich leider davon ausgehen, dass Ihre emotionale Labilität …«

Jetzt fiel ich ihm ins Wort.

»Entschuldigen Sie bitte vielmals, es gibt sicherlich bessere Aufbewahrungsorte für persönliche Dinge als ein Büro. Aber, mit Verlaub, mein Privatleben dürfte Sie wohl nichts angehen. Bleiben wir bei den relevanten Fakten. Man hat einen Burnout bei mir diagnostiziert. Multiples Erschöpfungssyndrom. Und auch Sie sind dafür verantwortlich. Sie haben den Bogen überspannt, mir immer neue Projekte aufgehalst. Seit Montag bin ich in therapeutischer Behandlung. Dennoch werde ich ab nächster Woche wieder arbeiten. Haben Sie mir sonst noch etwas zu sagen?«

Mit offenem Mund starrte er mich an, und ich genoss seine Überrumpelung. Ja, ich hatte mich verändert. Es war so paradox: Ich hatte kuschen gelernt, die totale Unterwerfung akzeptiert. Aber gerade das verlieh mir die Kraft, hier nicht einzuknicken. Es gab nur einen einzigen Mann auf der Welt, der mir Gehorsam abverlangen durfte.

Ich stand auf.

»Vielen Dank für das Gespräch.«

Ohne eine Antwort abzuwarten, verließ ich das Büro.

Aufatmend stand ich ein paar Minuten später auf der Straße. Es war ein kalter Novembertag, ein paar winzige Schneeflocken wehten mir ins Gesicht. Langsam ging ich die Straße hinunter. Ich hatte es nicht eilig. Er wartete auf mich. Ja, diesmal wartete *er* auf mich.

Das Hotel lag nur ein paar Blocks entfernt am Gendarmenmarkt. Ich ließ mir Zeit. Verweilte vor einem Schaufenster. Trank einen Espresso in einem Coffeeshop. Kaufte mir einen veilchenfarbenen Spitzen-BH und einen passenden Slip. Keine Fetischwäsche. Mein Herz war leicht und frei.

Erst eine halbe Stunde später erreichte ich das Hotel. Ein livrierter Page hielt mir die gläserne Schwingtür auf. Es war ein luxuriöses Hotel, die altmodische Variante von Luxus. Kristalllüster, Marmorboden, riesige Liliensträuße. In meiner aufrechtesten Haltung ging ich zum Aufzug.

Zimmer 412. *Er* hatte das Hotel gebucht und mir die Zimmernummer gesimst.

Als ich im vierten Stock aus dem Lift trat, fühlte sich alles richtig an. Keine Zweifel mehr, keine Skrupel. Eine ungekannte Vorfreude erfüllte mich, während ich den Flur entlangwanderte. Vor manchen Türen standen Tabletts mit Frühstücksresten auf dem blaugelben Teppich. Darauf waren halb leere Gläser mit Orangensaft, marmeladenverschmierte Teller mit angebissenen Croissants.

Zimmer 412.

Als ich klopfte, öffnete er sofort. Als hätte er ungeduldig hinter der Tür gewartet. Ich wusste, dass er genau das getan hatte.

»Da bist du ja.«

Seine Stimme klang matt, anders als sonst. Er umarmte mich. Küsste mich nicht, sondern umarmte mich nur. Über seine Schulter hinweg warf ich einen Blick ins Zimmer. Die beigefarbene Tagesdecke des Betts war zurückgeschlagen. Auf dem Tisch am Fenster standen ein Obstkorb und ein Champagnerkübel. Daneben ein riesiger Strauß roter Rosen. Leise Musik erfüllte den Raum. Er hatte sich wirklich Mühe gegeben.

Wir legten uns angezogen aufs Bett. Streichelten einander. Sagten uns zärtliche Dinge ins Ohr. Machten keine Anstalten, uns auszuziehen. Eng umschlungen lagen wir da.

Und dann sprach er von seinen Abstürzen. Von den Depressionen, die ihn regelmäßig heimsuchten. Dass er dann nichts mehr spüren könne, weder sich selbst noch andere. Er erzählte, wie einsam er sich als Kind gefühlt habe, wie grausam er gezüchtigt worden sei. Wie oft man ihn ganz allein in der Wohnung zurückgelassen habe, manchmal tagelang.

Sein Kopf lag in meiner Halsbeuge. Immer wieder strich ich ihm übers Haar. Als er zu schluchzen begann, hielt ich ihn fest, tröstete ihn und streichelte ihn und drückte seinen zuckenden Körper an mich.

»Schsch. Nicht weinen. Ich mache es wieder gut.«

»Verlass mich nicht«, murmelte er.

Ich atmete tief durch.

»Wie könnte ich das tun? Das mit uns ist für immer.«

Irgendwann schliefen wir ein, und erst am Nachmittag wachten wir wieder auf. Langsam zogen wir einander aus und gingen ins Badezimmer. Wir hatten nicht darüber gesprochen, doch beide denselben Impuls gespürt.

Während ich heißes Wasser in die Badewanne laufen ließ, drängte er sich an mich. Hand in Hand stiegen wir in die Wanne. Ich legte mich auf den Rücken, breitete die Arme aus, und er kam zu mir ins Wasser. Wie ein Kind hielt ich ihn in den Armen. Wir sprachen nicht. Dies hier war für immer.

Ein paarmal ließen wir noch heißes Wasser nachlaufen, dann gingen wir nass, wie wir waren, ins Bett. Wir zogen die Decke bis ans Kinn. Wieder umarmten wir uns. Unmerklich begannen unsere Körper, sich miteinander zu unterhalten. Wir mussten gar nichts weiter tun. Es war alles selbstverständlich und vertraut, und es fühlte sich richtig an.

Selig lag ich hinterher da. Es gab keine Hierarchie mehr zwischen uns. Er war kein Gebieter mehr, er war jetzt mein Geliebter. Diese Entdeckung berauschte mich. Ich wurde von Euphorie geflutet. Ja, er hatte alles wiedergutgemacht, so, wie er es mir versprochen hatte.

Alle Liebenden erzählen einander ihre Geschichte. Auch wir taten es jetzt. Flüsternd erst, dann immer lauter.

»Weißt du noch?«, raunte er. »Als ich damals in dein Büro gekommen bin?«

»Natürlich, ich erinnere mich genau.«

Er lächelte. »Ich wusste es von der ersten Sekunde an. Das mit uns.«

»Und ich wurde damals sofort feucht«, ergänzte ich. »Hättest du das gedacht?«

Er küsste mich. »Ich habe es geahnt.«

»Und dann dieser Montagmorgen, als ich zu dir in den Wagen stieg. Weißt du noch, wie wir uns über Filme unterhalten haben?«

»Wie könnte ich das vergessen?«

Wir wurden immer ausgelassener, redeten wild durcheinander, riefen uns einzelne Szenen ins Gedächtnis, kicherten und lachten wie damals auf jener Dienstreise, als er so charmant gewesen war, so aufmerksam und gut gelaunt.

Er holte Schokolade und Gummibärchen aus der Minibar. Wir fütterten uns gegenseitig. Auf einmal konnte ich mir alles mit ihm vorstellen. Sogar mit ihm zu leben. Auch er hatte eine Lichtseite, so wie ich. Da war nichts Düsteres mehr an ihm, nichts Bedrohliches, nur dieser wunderbare Mann, der mich in seinen Armen hielt, zärtlich, zugewandt, liebevoll. Der Fürst der Finsternis war Vergangenheit. Als es draußen dunkel wurde, zog ich mich an. Ich zeigte auf den unberührten Obstkorb, den Rosenstrauß, den Champagner, der längst warm geworden war. Was war mit seinen Geldsorgen?

»Sag mal, das alles kostet doch ein Vermögen.«

Ohne eine Miene zu verziehen, winkte er ab. »Nicht der Rede wert.«

Er schlug die Bettdecke zurück und kam nackt auf mich zugelaufen. Er umarmte mich stürmisch. »Meine Prinzessin.«

Galant nahm er die Rosen aus der Vase und hielt sie mir hin. In seinen Augen schimmerten Tränen.

»Lass mich bitte nie wieder so lange warten. Hörst du? Nie wieder. Ich brauche dich.«

Sven stand mit mürrischer Miene in der Küche und briet ein Spiegelei. Vor seine Anzughose hatte er ein Geschirrtuch gebunden. Seit ich krank war, versuchte er zu kochen.

Er sah auf und lächelte mir zu. Es war ein aufgesetztes, karitatives Lächeln, so wie Krankenschwestern vorsätzlich gute Laune verbreiten, wenn sie ihre Patienten aufmuntern wollen. Es tat mir weh, dieses Lächeln. Weil es nicht echt war, und weil er sich so unwohl fühlte.

Zum ersten Mal spielte ich mit dem Gedanken, mich von Sven zu trennen. Er hatte etwas Besseres verdient als mich. Meine Rechtfertigungslogik ging nicht mehr auf, die Theorie von den zwei Frauen, die, ach, in meiner Brust wohnten. Die Unterteilung in Licht und Schatten galt nicht mehr. Längst hatte sich ein Schatten auf unsere Ehe gelegt, während sich die nächtlichen Schatten meiner Affäre auflösten und der Morgenröte einer echten Beziehung wichen.

Diese Aussicht stimmte mich weich. Mit all meiner Liebe zu Sven wünschte ich ihm eine Frau, die unbeschwert war, unkompliziert, die mit ihm lachen konnte, die ihn ohne Wenn und Aber zum Zentrum ihres Universums machte. Eine Frau ohne doppelten Boden, ohne Doppelleben, ohne Doppelliebe. Denn dass ich *ihn* liebte und *er* mich, daran bestand seit dem heutigen Nachmittag kein Zweifel mehr.

»Wie war dein Tag?«, fragte Sven.

Ich küsste ihn auf die Wange.

»Das Gespräch mit dem Chef lief gut. Er hatte viel Verständnis für meine Situation. Und er hat mir versprochen, mich nicht mehr so stark zu belasten.«

»Das freut mich.«

Sven fragte nicht, wo ich danach gewesen war. Vielleicht interessierte es ihn nicht mehr. Er bugsierte das Spiegelei aus der Pfanne auf einen Teller und hielt ihn mir hin.

Ich griff danach, obwohl ich keinen Hunger hatte. Ich wollte Sven nicht länger vor den Kopf stoßen. Er hatte genug unter meinen Launen gelitten.

»Danke, Schatz, wie lieb von dir. »

Er holte eine Gabel aus der Besteckschublade, und ich begann, im Stehen zu essen. Das Zeug schmeckte komisch. Mir wurde schlecht davon. Während Sven zwei weitere Eier in die Pfanne schlug, machte er ein ernstes Gesicht.

»Man hat mich zu einem Golfwochenende nach Sardinien eingeladen. Nur zwei, drei Tage. Schaffst du es allein? Oder soll ich absagen?«

Ich sah ihm an, wie sehr er sich die Reise wünschte. Ohne mich. Ohne eine Ehefrau, die ihm mit ihren dauernden Stimmungsschwankungen auf die Nerven ging. Es war ihm nicht zu verdenken.

Kauend hob ich die Hand. »Nicht nötig. Fahr nur, es geht mir besser. Der Therapeut war ein guter Tipp.«

Das stimmte sogar. Mehrmals schon war ich bei ihm gewesen, und die Sitzungen hatten sich wider Erwarten als aufschlussreich erwiesen.

Plötzlich stutzte ich. Schlagartig wurde mir klar, was diese Reise für mich bedeutete. Zwei, drei Tage ohne Sven. Mein Herz schlug höher. Alles schien möglich. Einen ganzen Tag und eine ganze Nacht mit *ihm* zu verbringen. Oder zwei.

Die Gabel fiel mir aus der Hand. Sven hob sie mit leichtem Kopfschütteln auf.

»Willst du dich setzen? Du siehst mitgenommen aus.«

Ich sollte *ihn* hierher bringen, überlegte ich. Hierher in die Wohnung. Für ihn kochen. Mann und Frau spielen. Ja, jetzt konnte ich mir sogar das vorstellen. So etwas wie ein Testlauf für ein Leben zu zweit könnte das werden. Für das Leben als Paar, das aus dem Dunkel ins Licht trat, auch wenn es ab und an vielleicht noch seine Nachtseiten genoss.

»Danke, es geht schon.«

Spontan beschloss ich, mit Sven zu schlafen. Als vorweggenommene Wiedergutmachung. Oder vielmehr als Abschiedsgeschenk. Mein Entschluss stand fest. Wenn er von seiner Golfreise zurückkam, erfrischt und erholt, würde ich ihm in aller Ruhe eine gütliche Trennung vorschlagen. Weil es für uns beide das Beste war, für ihn wie für mich. Dann würde ich frei sein. Frei für *ihn*.

Ich zog meine Kostümjacke aus.

»Schau mal, ich war shoppen. Es ist ein Geschenk für dich. Ich habe mir schöne Wäsche gekauft. Willst du dein Geschenk nicht auspacken?«

Eine Viertelstunde später rannte ich vom Schlafzimmer in die Küche. Der verbrannte Geruch war durch die ganze Wohnung gezogen. Ich riss die Pfanne mit dem verkohlten Ei vom Herd und schleuderte sie in den Abfalleimer. Den Rosenstrauß hatte ich nicht weggeworfen, sondern ihn in mein Büro gebracht. Rote Rosen. Dies war der Beginn einer neuen Liebe. Sehr wahrscheinlich war es auch der Beginn eines neuen Lebens.

Meine Rückkehr in die Kanzlei ein paar Tage später war ein einziger Spießrutenlauf. Ich trug ein züchtiges schwarzes Kostüm und flache Schuhe, das Haar hatte ich zu einem Knoten hochgesteckt. Ich war die Korrektheit in Person. Doch niemand ließ sich täuschen. Hinter meinem Rücken wurde getuschelt. Einzelne Wörter konnte ich aufschnappen, Wörter wie Schlampe, Nutte, Dreckstück.

Im ersten Moment war ich beschämt. Dann straffte ich meine Schultern und reckte das Kinn. Ja, ich war eine Schlampe, eine Nutte, ein Dreckstück. Mit dem Unterschied, dass ich *seine* Schlampe, *seine* Nutte, *sein* Dreckstück war. Aber nicht mehr lange. Alles fügte sich.

Mit hoch erhobenem Kopf ging ich an den Kollegen vorbei in mein Büro und setzte mich an den Schreibtisch. Die Rosen waren immer noch frisch. Tief atmete ich ihren Duft ein, strich über den dunkelroten Samt der Blütenblätter. Es war das erste Mal, dass *er* mir Blumen geschenkt hatte, als Zeichen seiner Liebe. Wer hätte gedacht, dass sich alles in dieser Weise entwickeln würde?

Es klopfte, und die Sekretärin brachte mir Kaffee.

»Schön, dass du wieder da bist«, sagte sie.

Schöne, warme, weiche Frau. Ich fühlte mich mehr denn je zu ihr hingezogen. Sie war so sanft, so wenig fordernd.

»Weißt du eigentlich, wie sehr ich dich mag?«, fragte ich.

Sie lächelte. »Du hast mir gefehlt.«

Plötzlich war ich verwirrt. Ich wollte mit ihr befreundet sein, weil ich sie mochte. Andererseits spürte ich, dass ich erregt war. Sie trug eines ihrer engen Kleider. Der Gedanke an ihre Brüste überwältigte mich. Was war los mit mir?

»Mach bitte die Tür zu und komm zu mir«, bat ich sie leise.

Gehorsam schloss sie die Tür und stellte sich vor meinen Schreibtisch. Ich stand auf und ging zu ihr, betupfte ihre Lippen mit meiner Zunge, bis sie stöhnte. Zart fasste ich ihre Brüste an.

»Bist du verrückt?«, flüsterte sie. »Jeden Moment kann einer reinkommen.«

Meine Hände strichen über ihre Pobacken.

»Macht es das nicht noch erregender?«

Sie tippte sich an die Stirn. »Du bist verrückt. Total verrückt.«

»Ich weiß. Aber ich mag dich wirklich. Und ich habe keine Lust mehr, diese unnahbare, kühle Frau zu sein, die du mal kennengelernt hast, verstehst du? »

Verständnislos sah sie mich an. »Du wirkst überdreht. Stimmt was nicht mit dir?«

»Mit mir stimmt gar nichts.« Ich schloss die Augen. »Könnte sein, dass ich gerade den Boden unter den Füßen verliere. Aber wer weiß, wofür das gut ist.«

»Pass auf dich auf«, flüsterte sie.

Dann ging sie eilig hinaus.

Seufzend klappte ich meinen Laptop auf und begann zu arbeiten. Mir war ein bisschen schlecht. Wann hatte ich überhaupt das letzte Mal gegessen? Automatisch angelte ich mir eine Gummibärchentüte aus der Schreibtischschublade und riss sie auf. Der süße, fruchtige Geschmack beruhigte mich.

Eine Viertelstunde später ging ich in die Morgenkonferenz und ließ mich auf den neuesten Stand bringen. Stellte sachliche Fragen. Machte Vorschläge. Niemand wagte mehr einen abfälligen Kommentar oder auch nur einen anzüglichen Blick. Ich wusste, dass ich selbstbewusster wirkte. Stärker. Nein, unverwundbar. Ja, jetzt war ich unverwundbar.

An diesem Tag verließ ich die Kanzlei bereits am späten Nachmittag, weil ich einen Termin bei meinem Therapeuten hatte. Er war ein noch junger Mann, jünger als ich. Wie immer empfing er mich in seinem Besprechungsraum, der orangefarben gestrichen war. In der Mitte stand eine sonnengelbe Sesselgruppe, die Wände waren bedeckt mit Kinderzeichnungen. Hier hatte ich mich auf Anhieb wohlgefühlt.

Ich hatte ihm schon einiges über mein immenses Arbeitspensum erzählt, von den immer neuen Klienten, von den Überstunden, den Dienstreisen, von meinem despotischen Chef. Auch von meiner Angst zu versagen, von Kopfschmerzen, Übelkeit und Ohrensausen.

Abgesehen von meinem extravaganten Liebesleben gab es offenbar wirklich ein Problem. Der Therapeut hatte mir erklärt, dass ich ein typischer Burnout-Patient sei:

hoher Selbstanspruch, geringe Selbstwahrnehmung, Neigung zu Überforderung und Überlastung.

»Wie geht es Ihnen?«, eröffnete er rituell die Sitzung.

»Ein bisschen besser«, antwortete ich. »Aber ich bin ziemlich durcheinander.«

Er rückte seine Brille gerade. »Was bringt Sie durcheinander?«

Sollte ich es ihm sagen? Ich betrachtete seinen schwarzen Rollkragenpullover, die schwere Hornbrille, die ihn vermutlich älter erscheinen lassen sollte.

»Sagen Sie, haben Sie eine Verschwiegenheitspflicht?«

»Natürlich.«

Meine Hände strichen unruhig über die Sessellehne. Los, erzähl ihm schon, dass du es liebst, dich zu unterwerfen. Dass es dich erregt, von diesem Mann dominiert zu werden, und dass du ihn vergötterst, deinen Fürsten der Finsternis, der zugleich eine Lichtgestalt ist. Ich räusperte mich.

»Also ... ich weiß gar nicht, wo ich anfangen soll ...«

Nein, ich traute mich nicht. Es war zu extrem. Ich konnte mich ihm nicht offenbaren.

»Warum überfordere ich mich?«, fragte ich stattdessen.

»So sind Sie erzogen worden, nach allem, was Sie mir über Ihre Eltern erzählt haben«, erwiderte er. »Sie fühlen sich nur anerkannt, wenn Sie mehr leisten als andere. Wenn Sie sich und Ihre Bedürfnisse aufgeben.« Er machte eine kurze Pause. »Wenn Sie sich verleugnen.«

Angestrengt versuchte ich, diese Erklärung auf *ihn* und mich zu übersetzen. War es so? Verleugnete ich mich? Aber warum genoss ich es dann? Oder genoss ich es gar nicht mehr? War unsere erotische Raserei nur der Auftakt für jene Liebe gewesen, nach der ich mich wirklich sehnte? Liebevoll, vertrauensvoll, zärtlich? Und mit einem Gefühl der Nähe, wie es Sven mir nicht geben konnte?

»Woran denken Sie?«, fragte der Therapeut.

Wie es wäre, mit *ihm* zusammenzuleben. Zusammen einschlafen, zusammen aufwachen. Ohne Schläge, ohne Gewalt, ohne Unterwerfung. War das möglich? Nach dem Nachmittag im Hotel schien es jedenfalls nicht mehr unmöglich zu sein.

»Ich denke über einen Neubeginn nach«, erwiderte ich.

Zufrieden nickte er. »Sie sollten auf jeden Fall über einen neuen Job nachdenken. Da, wo Sie jetzt arbeiten, haben Sie einen zu hohen Level akzeptiert. Es dürfte schwierig sein, davon abzuweichen. Man würde es als nachlassende Motivation missverstehen.«

Das leuchtete mir ein.

»Allerdings sollten Sie auch Ihr Privatleben überdenken«, fügte er hinzu.

Ich atmete etwas schneller. Was meinte er? Ahnte er etwas?

Nachdenklich blätterte er in seinen Notizen. »Wenn ich es richtig in Erinnerung habe, dann haben Sie so gut wie keine Freunde. Nur eine Freundin, wie hieß sie noch ...«

»Suse.«

»Richtig, Suse. Ihre Eltern sind verstorben, Geschwister haben Sie nicht. Und Ihre Schwiegereltern ...«

»Mein Schwiegervater lebt nicht mehr, meine Schwiegermutter ist meist auf Reisen.«

Der Therapeut legte seine Notizzettel beiseite.

»Sie haben einen Job, der immer mit einem gewissen Stress verbunden sein wird. Es geht darum, dass Sie lernen, damit umzugehen. Man nennt es Resilienz.«

Er stand auf und begann, im Raum umherzuwandern, während er weiterdozierte. »Resiliente Menschen haben ein intaktes Umfeld. Sie pflegen regelmäßige Kontakte zu Freunden und haben enge Bindungen an zumindest einen nahen Verwandten.«

»Und das fehlt mir? Dieses Umfeld?«, fragte ich.

»Ganz genau.« Er blieb vor meinem Sessel stehen. »Das birgt zwei Gefahren. Zum einen, dass Sie sich zu sehr in Arbeit stürzen, bis Sie darin untergehen. Zum zweiten, dass Sie sich in ungesunder Weise auf einen Menschen fixieren, der Zugang zu Ihnen findet.«

»So ist es nicht«, antwortete ich impulsiv.

Er betrachtete mich scharfsinnig. »Das heißt, es gibt – potenziell – solch einen Menschen? Ist es Ihr Mann?«

»Nein, nein, es gab da jemand anderen.«

Einen Mann, dem ich mich ausgeliefert habe. Und der jetzt eine neue, eine andere Rolle in meinem Leben spielen wird.

»Das ist vorbei«, schloss ich. »Jetzt wird alles besser.«

Der Therapeut zog die Mundwinkel nach unten. »Nicht so schnell. Bauen Sie Freundschaften auf. Binden Sie sich. Und da Ihre Herkunftsfamilie nicht zur Verfügung steht – käme es da nicht für Sie in Betracht, eine eigene Familie zu gründen?«

Ich schlang meine Finger ineinander. »Mein Mann ist dagegen. Er will unabhängig bleiben.«

Lässig setzte sich der Therapeut auf die Sessellehne gegenüber. »Verstehe. Vermutlich hat er ähnliche Bindungsprobleme wie Sie, jedenfalls spricht einiges dafür. Was halten Sie davon, wenn Sie ab jetzt zu zweit zu mir kommen?«

Zu spät, dachte ich bedauernd. Jetzt ist es zu spät dafür. Ich erhob mich.

»Verzeihung, ich muss heute eher gehen. Ich habe noch etwas vor. Vielen Dank und bis nächste Woche.«

Leise vor mich hinpfeifend stieg ich in den Wagen. Es war Freitagnachmittag. Sven war schon am Morgen nach Sardinien geflogen. Als Erstes fuhr ich zu einem Delikatessengeschäft. Danach suchte ich in einem Kaufhaus rote Spitzenunterwäsche und Satinbettwäsche in derselben Farbe aus. Rosenrot. Die Farbe der Liebe.

Es würde ein wunderbarer Abend werden, eine wunderbare Nacht, ein wunderbarer Morgen. Ich hatte immer wieder darüber nachgedacht, ob ich *ihn* wirklich in die Wohnung lassen sollte. Aber es erschien mir logisch, ja, unumgänglich. Wir waren jetzt ein Paar. Ich wollte für ihn kochen, ihn verwöhnen, ihm zeigen, dass ich für ihn da war.

Er brauchte mich. Dieser Gedanke machte mich froh. Es gab ja sonst niemanden, der mich brauchte. Sven sowieso nicht. Und da er keine Kinder wollte, fiel auch diese Möglichkeit weg, gebraucht zu werden.

Zu Hause angekommen, begann ich sofort mit den Vorbereitungen, bezog das Bett, putzte das Bad, stellte Töpfe auf den Herd. Jeder Handgriff galt *ihm*. Hungrig probierte ich von dem Essen. Ja, nach langer Zeit hatte ich endlich wieder Hunger. Da ich reichlich eingekauft hatte, würde nichts fehlen am Abend. Im Stehen schlang ich das Essen in mich hinein und trank ein Glas Rotwein dazu.

»Auf dich«, flüsterte ich und hielt das Glas in die Höhe. »Auf uns.«

Er klingelte pünktlich. Aufgeregt lief ich zur Tür. Ich trug nur die rote Spitzenwäsche, Lackpumps und halterlose Strümpfe. Bestimmt würde er auf der Stelle über mich herfallen. Doch als ich ihm öffnete, blieb er unbeweglich stehen. Ich musste die Initiative ergreifen. Zog ihn herein. Öffnete seine Hose, leckte kniend seinen Schwanz. Dann sank ich mit ihm auf den Teppich, direkt im Flur.

Sein Schwanz war nicht so hart wie sonst. Ich spürte es und war irritiert. Mit allen Mitteln versuchte ich, ihn anzutörnen. Sagte ihm obszöne Sachen ins Ohr, nahm seine Eier in die Hand, während er sich zögernd in mir bewegte, steckte einen Finger in seinen Po. Vergebens. Es funktionierte nicht.

Verlegen zog er seinen erschlafften Schwanz aus mir heraus. Auch ich hatte keinen Orgasmus gehabt. Nachdem er aufgestanden war, machte er seine Hose zu.

»Entschuldige. Kann mal vorkommen.«

Bloß nicht weiter drüber reden. Er hatte eben eine weiche Phase. Auch ich stand auf. Schnell ging ich ins Schlafzimmer und zog meinen Bademantel über. Auf einmal schämte ich mich für die aufreizende Wäsche. Eine Frau, die in solch einem Aufzug nicht begehrt wird, ist nur noch lächerlich.

Wortlos führte ich ihn ins Esszimmer. Der Tisch war gedeckt, die Kerzen waren angezündet, ein frischer Strauß Rosen stand zwischen den Gedecken. Eine Weile betrachtete er nachdenklich den Raum, die erlesenen Möbel, den Designerteppich, die großzügigen Fensterfronten.

»Und?«, fragte ich. »Gefällt es dir?«

Er verzog den Mund. »Mir ist gerade klar geworden, dass ich mir das hier nie leisten könnte.«

Was sollte ich darauf sagen? Natürlich war mir bewusst, dass es so etwas wie einen Klassenunterschied zwischen uns gab. Aber war das nicht vollkommen bedeutungslos?

Während er sich setzte, holte ich die Vorspeise, einen Wildkräutersalat mit gebratenen Jakobsmuscheln. Teilnahmslos stocherte er darin herum. Auch mir war der Appetit vergangen. Das Gespräch verlief schleppend. Zum ersten Mal war ich befangen in seiner Gegenwart. Auch er war befangen. Nervös spielte er mit seinem Besteck.

Als ich in die Küche ging, um neuen Wein zu holen, wusste ich plötzlich, dass ich einen Fehler gemacht hatte. Die Wahrheit war ernüchternd: Wir waren nicht für die Normalität geschaffen. Wir waren nicht Mann und Frau. Ich stellte den Herd aus, auf dem eine Suppe köchelte, dann stellte ich den Backofen aus, in dem ein Rinderfilet briet. Was nun?

Lass ihn gehen, beschwor mich eine innere Stimme. Nehmt euch noch einmal in den Arm, verabschiedet euch, und dann ist es vorbei. Ihr werdet nie ein Paar sein. Doch schon begehrte ich dagegen auf. Ich liebte ihn mehr als mein Leben. Ich wollte ihn nicht gehen lassen. Ich konnte es einfach nicht. Er brauchte mich. Aber er brauchte auch die Gewissheit, mein Gebieter zu sein.

Mit leeren Händen kehrte ich ins Esszimmer zurück und hielt ihm die gekreuzten Handgelenke hin.

»Fessle mich.«

Er erhob sich, peinlich berührt. »Wir gehen. Zieh den Bademantel aus und den Trenchcoat über. Und vergiss nicht die Perücke.«

Unten auf der Straße hielt er ein Taxi an und nannte dem Fahrer eine Adresse. Wir setzten uns nebeneinander auf die Rückbank. Es brach mir das Herz, wie wir fremdelten. Scheu sah ich ihn von der Seite an und griff nach seiner Hand, doch er schüttelte mich ab und blickte weiter starr geradeaus.

»Wohin fahren wir?«, versuchte ich ein Gespräch anzufangen. »Ist es eine Bar?«

Sein kühler Seitenblick genügte, um mich zum Schweigen zu bringen. Keine Fragen. Ich fror in meiner Wäsche unter dem dünnen Trenchcoat, während die Enttäuschung in mir hochstieg wie Erbrochenes. Ich hatte alles falsch gemacht.

Das Taxi hielt vor einem Lokal, das kaum zu erkennen war in der gleichförmigen Häuserzeile. Nur ein winziges unbeleuchtetes Schild mit dem Aufdruck »Club Justine« verriet, dass es sich nicht um eine Wohnung handelte. Während er ausstieg, bezahlte ich. Übertrieben höflich hielt er mir den Schlag auf. Alte Angewohnheit.

Sobald wir das Lokal beteten hatten, waren wir in einem anderen Universum. Männer und Frauen in Latex, Lack und Leder bewegten sich entfesselt auf einer kleinen Tanzfläche. An den Wänden standen niedrige Liegen, auf denen ungeniert gevögelt wurde. Ganze Gruppen hatten sich ineinander verknäult.

Unwillkürlich suchte ich nach seiner Hand, wie ein kleines Mädchen. Er lächelte zum ersten Mal an diesem Abend.

»Macht es dich an?«

Ich hatte keine Antwort darauf. Der Szenenwechsel war zu abrupt. *Er* hatte wieder die Regie übernommen.

Ich nahm die Szenerie wie durch eine Milchglasscheibe hindurch wahr, wie einen Film, in den ich aus Versehen hineingeraten war.

Noch vor einer Stunde hatte ich von einer Beziehung geträumt, von beruhigender Normalität. Dies hier war das krasse Gegenteil. Wir waren wieder im Schattenreich, tiefer als jemals zuvor.

Eine Stimme flüsterte in meinem Kopf: *Aber tolle Sexclubs soll es in Berlin geben. Swinger-Lounges, Dark Rooms, SM-Clubs. Haben Sie einen Tipp für mich?*

Er nahm mir den Mantel ab und gab ihn einer kleinwüchsigen Garderobiere. Sie wirkte grotesk in ihrem nietenbesetzten Lederanzug. Die komplizenhafte Art, wie sie ihn anschaute, sagte mir, dass dies keine Premiere für ihn war.

Als sei es völlig selbstverständlich, zog er sich aus. Seine Kleidung legte er ordentlich gefaltet auf den Tresen der Garderobenfrau. Nur Schuhe, Socken und den Slip behielt er an. Erst jetzt sah ich, dass er einen Latexslip trug, mit Reißverschlüssen, vorn und hinten. Er hatte es geplant. So wie er immer alles geplant hatte. Für ihn war der Abend in meiner Wohnung von Anfang an eine Farce gewesen.

Geh, sagte meine innere Stimme. Du hast hier nichts verloren. Später, beruhigte ich mich. Erst musst du dich mit ihm aussprechen, den Abend irgendwie retten. So kläglich darf es nicht enden.

Halblaut verhandelte er mit der Garderobiere. Sie verschwand kurz, dann reichte sie mir einen Lackbody über den Tresen.

»Zieh das an«, sagte er. »Deine Spitzenunterwäsche ist hier fehl am Platz.«

»Aber ...«

»Betrachte es als eine Art Kostümball, nichts weiter. Wir trinken was, sehen ein bisschen zu, dann fahren wir zu dir zurück.« Wieder lächelte er. »Wir holen uns nur ein bisschen Appetit, ja?«

Beklommen willigte ich ein. Ich legte meine Wäsche ab und zog das Lackoutfit an, das meine Brüste und meine Scham freiließ. Er musste sich also woanders Appetit holen. Reichte ich ihm denn nicht? Plötzlich fühlte ich mich unscheinbar und unattraktiv. Nein, ich erregte ihn nicht mehr. Die Bestürzung darüber schnürte mir die Kehle zu.

Wir setzten uns an die voll besetzte Bar, als ein Paar aufstand und uns Platz machte. Er bestellte einen Drink, den ich nicht kannte. Die Flüssigkeit schimmerte dunkelviolett. Ich wollte wissen, was darin ist.

Er lächelte. »Vertrau mir.«

Das hatte er auch damals in der Bar gesagt, als er das Pulver in den Cocktail geschüttet hatte. Ich hatte nicht vergessen, was daraufhin passiert war. Heute wollte ich vorsichtiger sein.

»Entschuldige, ich würde lieber etwas anderes trinken.«

Seine Augen verengten sich zu Schlitzen. »Wenn du mir nicht vertraust, solltest du jetzt gehen.«

Zaudernd saß ich da. Wir waren umgeben von Gästen, die sich bestens amüsierten. Sie unterhielten sich lautstark, einige küssten sich lachend. War ich zu spießig für dieses Lokal? Für ihn?

Nein, dachte ich trotzig. Ich werde dir beweisen, dass ich nicht die spießige kleine Hausfrau bin, die für ihren Gebieter kocht, statt ihm zu geben, was er wirklich braucht. Gerade heute, nach dem peinlichen Desaster in meiner Wohnung, wollte ich mich seiner würdig erweisen. Wenn schon keine Beziehung mit ihm möglich war, dann sollte es wenigstens das hier sein, was uns verband. Ihn aufgeben? Niemals.

Ja, ich hatte von Normalität geträumt. Wie absurd das war, wurde mir plötzlich schockartig bewusst. Es gab kein Zurück in das brave Leben vor *ihm*, in die Langeweile einer lauwarmen Beziehung, in ewige Zurückhaltung und Selbstkontrolle. Ich wollte keine Frau mehr sein, die befriedigenden Sex nur in ihren Fantasien erlebte. Ich wollte jetzt alles auskosten, was in den geheimen Gärten auf mich wartete. Ich war so weit, neue Grenzen zu überschreiten.

Entschlossen griff ich zu dem Glas. Das Getränk darin schmeckte bittersüß und stieg mir sofort zu Kopf, aber es entspannte mich. In kleinen Schlucken trank ich es aus. Allmählich fiel der missglückte Abend von mir ab. Dieser Mehltau aus Beschämung und Enttäuschung. Ich zeigte auf mein leeres Glas, und er bestellte ein weiteres.

Eine Weile sahen wir den Tanzenden zu. Es waren alle

Altersstufen vertreten. Teenager mit straffen Körpern hopsten wild herum. Junge, muskulöse Männer hielten ihre steifen Schwänze in der Hand, während sie abgehackte Bewegungen vollführten. Mittdreißigerinnen präsentierten ihre perfekt operierten Brüste. Ältere Männer in Lacktangas mischten sich in das Gedränge, eine dicke Frau, die jenseits der Sechzig sein mochte, spielte selbstvergessen an ihrer Scham.

Plötzlich brach die Musik ab, und ein Gong ertönte. »Sklavenmarkt«, tönte es aus den Lautsprechern.

Alle Gäste versammelten sich im Kreis auf der Tanzfläche. In der Mitte stand ein glatzköpfiger Hüne in einer schwarzen Lederhose. Sein nackter Oberkörper glänzte wie eingeölt.

Ein junges Mädchen wurde ihm gebracht. Sie war blond, eher stämmig. Aus ihrer Latexcorsage quollen riesige Brüste, ihre Hände waren mit Lederriemen gefesselt.

Vom Tresen aus beobachteten wir das Geschehen. Mir wurde mulmig.

»Sag, was passiert hier?«

Er wandte seinen Blick nicht von dem Hünen und dem jungen Mädchen. »Sieh es dir an.«

Meine Neugier siegte, auch eine gewisse Faszination. Das also waren *seine* geheimen Gärten. Gebannt sah ich zur Tanzfläche. Der Hüne las von einem Zettel ab.

»Französisch, spanisch, griechisch. Bondage. Sie ist sehr devot. Ihr Herr will dabei sein. Anfangsgebot achtzig Euro.«

Wie heißer Schlamm kroch die Erregung in mir hoch. Das war – *ungeheuerlich*! Das junge Mädchen wurde verkauft wie ein Stück Vieh. Höchste Zeit zu gehen? Oder ein Grund zu bleiben?

Ich wusste es nicht. Zwei widersprüchliche Gefühle kämpften in mir. Ja, es erregte mich, und ja, ich empfand Abscheu. War das nicht eine hämische Parodie auf das, was ich mit *ihm* erlebt hatte? Ich war nie seine käufliche Sexsklavin gewesen. Sicher, ich hatte mich unterworfen, aber nicht so, nicht auf diese abgeschmackte Weise.

Als ich mich vom Barhocker gleiten ließ, fiel ich fast hin. Panisch stellte ich fest, dass ich nicht mehr stehen konnte. Er fing mich auf, bevor ich stürzte. Dann umfasste er mich fest, so fest, dass jede Bewegung unmöglich war. Mit einem Kopfnicken hielt er mir sein unberührtes Glas an die Lippen.

»Trink.«

Ich wehrte mich, und er presste mich enger an sich. Sein eiserner Griff löste etwas in mir aus. Unsere halb nackten Körper rieben sich aneinander. Ich fühlte mich bedroht und sicher zugleich, so wie in unseren Liebesnächten. Ergeben nahm ich einen Schluck.

»Alles«, forderte er.

Ohne weiteren Widerstand gehorchte ich ihm.

»Ich warte auf Gebote«, rief der Hüne auf der Tanzfläche.

Jemand schrie: »100 Euro!«, ein anderer »150!« Der Zuschlag kam bei 220 Euro. Mit gesenktem Kopf ließ sich das Mädchen von einem Mann in Boxershorts und Lederjacke abführen. Er mochte um die fünfzig sein. Ein magerer Mann, mit nichts als einem Latextanga bekleidet, folgte den beiden. Sie verschwanden hinter einer Tür.

»Ich habe genug«, flüsterte ich. »Ich möchte jetzt gehen.«

»Noch nicht. Jetzt bist du dran.«

Ich? Auf einem »Sklavenmarkt« feilgeboten? Mein erster Gedanke war Flucht. Hektisch versuchte ich, mich aus seinen Armen zu befreien. Doch mit seinem eisernen Griff hielt er mich zurück. Meine Hände wurden feucht. Er triggerte mich. Mein Körper erinnerte sich an die Lust, die solchen Übergriffen folgte. Mein Fotze fing an zu pulsieren. Meine Schamlippen öffneten sich wie eine Blüte. Angst und Lust waren nicht mehr zu unterscheiden. Ich war bereit.

Er nahm mir das Glas ab und stellte es auf den Tresen. Packte mich am Arm und schob mich auf die Tanzfläche. Schubste mich zu dem Hünen, raunte ihm leise etwas zu. Der Hüne betrachtete mich von oben bis unten. Er erhob seine Stimme.

»Anfängerin. Die Erziehung ist noch nicht abgeschlossen. Braucht eine starke Hand. Ihr Dominus will dabei sein.«

Er beugte sich zu *ihm*, fragte etwas und nickte kurz.

»Französisch und griechisch. Fesseln und auspeitschen.«

Es wurde still. Alle gafften mich an. Wollte ich das? Vor meinen Augen drehten sich glühende Kreise. Himmel noch mal, wollte ich das?

Hilfe suchend sah ich zu *ihm*. Er beobachtete mich scharf. Sein Blick durchbohrte mich. Mach jetzt keinen Fehler, sagten seine Augen. Noch einen Fehler kannst du dir nicht leisten.

Es entstand ein Bieterwettbewerb, den ein durchschnittlich aussehender Mann Ende dreißig beendete. Aufgeregt wedelte seine emporgereckte Hand. »300 Euro.« Er war mittelgroß und rotblond. Vielleicht ein braver Bankangestellter. Doch die Peitsche in seiner Hand ließ keinen Zweifel über seine Vorlieben offen.

Niemand überbot ihn. 300 Euro. Anfängerinnen standen offenbar hoch im Kurs. Der Mann löste sich aus den Umstehenden und trat auf mich zu. Jetzt hatte das Namenlose ein Gesicht. Mir stockte der Atem. Schlagartig ebbte meine Erregung ab und schlug wieder in Angst um. Ich griff mir an den Hals. Ich wollte nur noch weg. Flehend schaute ich zu *ihm*. Doch er schüttelte nur unmerklich den Kopf.

Der Mann fasste mich am Arm und zog mich wortlos hinter sich her. Ich stolperte, meine Füße konnten ihm kaum folgen. Was war in dem Drink gewesen?

Jetzt kam *er* wieder in mein Blickfeld. Ich sah, wie er im Gehen die Geldscheine annahm, die der Mann ihm hinhielt. Er hatte mich verkauft. Er hatte seine Sklavin verkauft. Oder besser gesagt: vermietet. Alles in mir stemmte sich dagegen. Ich wollte schreien, dem Spuk ein Ende machen. Doch mein Wille war wie gebrochen. Die Begierde war stärker.

Unverwandt starrte ich auf den Rücken des Mannes, der mich in einen rot beleuchteten Raum führte. Eine Matratze lag auf dem Boden. Daneben stand ein mit Leder bezogener Holzbock, an der Wand hing ein Andreaskreuz.

Mittlerweile war ich auf das Quälendste erregt. Völlig unkontrollierbar floss es aus mir heraus. Meine Brustwarzen waren aufgerichtet. Mein Mund war trocken, mein

Becken kreiste. Mein Blick suchte *ihn*. Er saß auf der Matratze und sah mich an. Sah mich nur an. Fickte mich mit den Augen. Schlug mich mit den Augen.

Der Mann gab mir eine Ohrfeige. Ich taumelte zur Wand. Er zerrte mich zu dem Holzbock und lehnte mich bäuchlings darüber. Seine Stimme klang gepresst.

»Eine harte Hand brauchst du also, elendes Dreckstück?«

Ich konnte nur nicken. Schwer und pelzig lag meine Zunge im Mund. Der Mann begann mich zu fesseln. Mit geschickten Bewegungen verschnürte er mich auf dem Holzbock. Es ging schnell. Jeder Handgriff saß.

»Dir werde ich beibringen, was Gehorsam ist.«

Das sirrende Geräusch der Lederpeitsche war der Auftakt. Es hagelte Schläge. Ich spreizte meine Beine, damit auch meine Fotze etwas abbekam. Ich war wie von Sinnen. Keuchend drehte ich den Kopf zur Matratze und sah, dass *er* den vorderen Reißverschluss seines Latexslips heruntergezogen hatte und wichste.

Ich spürte die Wut des rotblonden Mannes auf meiner Haut. Mit unglaublicher Kraft hieb er auf mich ein.

»Geiles Stück. Ich versohle dir deinen dreckigen Arsch.«

Der Raum löste sich auf. Ich schwamm in Watte. In meinen Ohren rauschte es. Die Schläge taten so gut. Jedes Mal wenn eine der Peitschenschnüre meine Fotze berührte, schrie ich auf. Schmerz und Lust vermischten sich unauflösbar. Ja, schlag mich, schlag mich noch härter.

»Geiles Stück«, keuchte der Mann. »Du gehorchst also nicht? Schreist noch? Dann kriegst du mehr.«

Während er weiterschlug, rammte er mir seinen Schwanz

in den Arsch. Er riss an meinen Haaren. Er prügelte mich mit dem Peitschenschaft. Er fickte meinen Arsch so hart, dass ich fühlte, wie seine Eier gegen meine Schenkel schlugen. Bei jeder Fickbewegung rieb sich meine Fotze am Leder des Holzbocks. Es machte mich rasend vor Geilheit. Ich hyperventilierte. Das Rauschen in meinen Ohren wurde lauter. Ich spürte eine Ohnmacht kommen.

»Und das ist erst der Anfang.«

Wer hatte das gesagt?

Ich sah wieder zu *ihm*. In hohem Bogen spritzte das Sperma aus seinem Schwanz. Während ein gigantischer Orgasmus mich erschütterte, verlor ich das Bewusstsein.

ZEHN

Als ich die Augen aufschlug, lag ich in meinem Bett. Ein unerträglicher Kopfschmerz hatte mich geweckt. Die Ziffern der Digitaluhr auf dem Nachttisch zeigten fünf Uhr zehn an. Es war früher Morgen. Wie war ich hierher gekommen?

Mit den Fingerspitzen tastete ich über die Satinbettwäsche und schaltete die Nachttischlampe ein. Langsam kehrte die Erinnerung zurück. Wir waren in diesem Club gewesen. Er hatte mir etwas Seltsames zu trinken gegeben. War das der Grund für den Kopfschmerz?

Im Lichtkegel der Lampe sah ich an mir herab. Ich war nackt. Meine Arme waren mit Striemen bedeckt. Wie mein Rücken aussah, konnte ich mir anhand der Schmerzen vorstellen, die mich wie in einer Eisenzwinge gefangen hielten. Jede Bewegung tat weh. Auf dem Fußboden neben dem Bett lag der zerrissene Lackbody.

Kerzengerade richtete ich mich auf. Jetzt war alles wieder da. Der Sklavenmarkt. Der Mann, der mich ersteigert hatte. Der rot beleuchtete Raum. Die Schläge. Meine Ohnmacht.

Und das ist erst der Anfang. Wer hatte das gesagt? Der Mann? Oder *er*? Was bedeutete das? Was war noch passiert in der vergangenen Nacht? Wie viele Männer hatten sich an mir zu schaffen gemacht? Aber da war noch etwas. Ich kam nicht gleich darauf. Dann wusste ich, was mich mehr schockierte, als alles andere: die Geldscheine. *Er* hatte Geld für mich genommen. Ich hatte es für Geld tun müssen.

Die Erkenntnis traf mich wie ein Boxhieb in den Magen. Ich versuchte, mich zu beruhigen. Es mir schönzureden. War doch nur ein Rollenspiel. Er wird dir dafür etwas Hübsches kaufen. Dich zum Essen einladen oder dir das Geld einfach geben. Damit du nicht denkst …

Ich erstarrte. Oder war es das? War das der Plan? Er hatte unübersehbar Geldprobleme. Wie viel hatte er noch verdient an mir in der vergangenen Nacht? Ein Gangbang mit einer leblosen, willenlosen Sklavin, schwer gezeichnet von Misshandlungen, war das der Kick in dieser Szene?

Die Vorstellung bereitete mir Übelkeit. Würgend rannte ich ins Badezimmer. Über die Toilettenschüssel gebeugt, erbrach ich mich, erbrach die Drinks, erbrach meine finale Erniedrigung. Hatte er mich etwa zur Nutte abgerichtet? War das der Sinn dieser Affäre gewesen?

Ich verfluchte mich, und ich verfluchte ihn. Er hatte alle Register gezogen. Hatte mich zwischen Brutalität und Zärtlichkeit hin- und hergetrieben, bis ich nicht mehr wusste, wie mir geschah. Hatte im richtigen Moment zugeschlagen, hatte mir im richtigen Moment seine Liebe gestanden und mir gesagt, er brauche mich.

Wieder erbrach ich einen säuerlich riechenden Schwall. Der Kopfschmerz ließ meine Augen aus den Höhlen treten. Ich musste mich am Toilettenrand festhalten, um nicht umzusinken. Zitternd kniete ich auf den Kacheln, während mein Magen von Krämpfen geschüttelt wurde.

Eine Ewigkeit später schleppte ich mich zurück ins Bett. Es war sechs Uhr, um sieben musste ich aufstehen. Ich stellte den Wecker und schlief auf der Stelle ein.

Es war elf, als ich erwachte. Ich hatte verschlafen. Den Kopfschmerz und meinen rumorenden Magen ignorierend, lief ich ins Badezimmer, wo ich heiß und eiskalt duschte, fast eine halbe Stunde lang. Noch nie hatte ich mich so vor mir geekelt. Die Männer in der Bar fielen mir ein. Wie viele hatten sich an mir vergangen?

Auf keinen Fall war ich fähig, heute ins Büro zu gehen. Eingehüllt in ein Badehandtuch, rief ich in der Kanzlei an. Ich hätte einen Rückfall.

Die Sekretärin schrie fast. »Bist du wahnsinnig? Um zwölf ist das Briefing für deinen neuen Fall! In Anwesenheit der Klienten!«

Der neue Fall. Ein Münchner Unternehmen, das weltweit operierte. Der dickste Fisch, den der Chef jemals an der Angel gehabt hatte. Und meine Bewährungsprobe. Vermutlich die letzte.

Müde strich ich mir das nasse Haar aus dem Gesicht.

»Schon gut. In einer halben Stunde bin ich da.«

In Windeseile zog ich mich an. Ich schluckte zwei Tabletten gegen Reiseübelkeit und zwei weitere gegen Kopfschmerzen, dazu trank ich einen Espresso. Bis zum Abend würde ich durchhalten. Dann aber würde ich ihn zur Rede stellen. Ich brauchte Gewissheit. Der widerliche Verdacht ließ mich nicht mehr los.

Ein heftiger Wind peitschte die Zweige der Bäume an mein Bürofenster. Über den Himmel trieben dunkle Wolken. Zusammengekauert saß ich an meinem Schreibtisch. Der Chef war mit den Klienten essen gegangen. Normalerweise hätte er mich mitgenommen. Heute nicht. Ich wusste, was das bedeutete: Ich war raus aus dem Auftrag. Vermutlich hatte ich gerade meinen Job verloren.

Das Briefing war schlecht gelaufen. Ich war unkonzentriert gewesen, hatte Details verwechselt, manche Fragen zweimal gestellt. Alle hatten mir deutlich gezeigt, was sie davon hielten. Geringschätzig hatten sie mich angesehen, manche spöttisch, der Chef wütend. Klar. Die Nutte. Die Schlampe. Das Dreckstück. Hat sich den Verstand aus dem Leib vögeln lassen.

Lange überlegte ich, was ich *ihm* simsen sollte. Ich wollte die Wahrheit über die vorhergehende Nacht herausfinden, doch das durfte ich ihm nicht ohne Umschweife sagen, sonst entzog er sich vielleicht wieder wochenlang. Zögernd fing ich an zu schreiben, löschte das Geschriebene, probierte etwas Neues. Es war schwierig, denn ich musste ihn zu einem Treffen bewegen, ohne dass er Verdacht schöpfte. Am Ende schrieb ich eine relativ kurze Message.

»Heute Abend? Deine dir ergebene Sklavin.«

Die Antwort war kurz.

»Neun Uhr.«

Ich dachte an das, was er mir angetan hatte. Die Magenkrämpfe kamen wieder. Ich hielt mir die Hand vor den Mund und rannte zur Toilette. Mein Magen war leer, ich erbrach nur noch Magensäure.

Jemand klopfte an die Toilettentür.

»Ich bin's. Was ist los? Mach auf.«

Es war die Sekretärin. Als ich die Tür öffnete, fuhr sie zusammen.

»O Gott, du bist weiß wie die Wand. Was ist mit dir?«

»Wahrscheinlich wieder die Migräne.« Sie reichte mir ein Papierhandtuch, und ich wischte mir den Mund damit ab.

»Danke, du bist ein Engel. Ich gehe wohl besser nach Hause, oder?«

Sie tätschelte meine Wange. »Ja, tu das. Mach dir keine Sorgen, ich sag dem Chef Bescheid. Ruh dich aus. Du bist ja total runter.«

Dankbar umarmte ich sie.

Ich nahm meine Sachen aus dem Büro und holte meinen Wagen aus dem Parkhaus. Doch ich fuhr nicht gleich nach Hause. Vorher hielt ich an einer Apotheke. Eingehend schilderte ich dem Apotheker meine Symptome. Er verkaufte mir eine kleine, längliche Schachtel. Eine Stunde später wusste ich, dass ich schwanger war.

Den ganzen Nachmittag über lag ich im Bett. Die Kopfschmerzen hatten wieder angefangen. Wie Gewehrkugeln schossen die Gedanken durch mein Hirn. Schwanger. Wie hatte das passieren können? Gut, manchmal vergaß ich, die Pille zu nehmen. Aber es war immer gut gegangen. Hatte mein Unterbewusstsein mir einen Streich gespielt? Mein unterdrückter Kinderwunsch?

Stöhnend rieb ich mir die Stirn. *Schwanger*. Das war das Schlimmste, was hatte passieren können. Ich wusste, dass das Kind von *ihm* war. In den vergangenen Wochen hatte ich nicht mehr mit Sven geschlafen. Das Kind war von *ihm*. Das Kind? Vorerst war es nur ein winziger Zellhaufen. Nie durfte die Frucht dieser unseligen Affäre das Licht der Welt erblicken.

Alle Energie verließ mich. Ich schluchzte tränenlos, denn ich fürchtete mich vor einer Abtreibung. Eine Bekannte von mir hatte es vor einigen Jahren getan. Noch immer litt sie an den Folgen, körperlich und seelisch. Sie war ein Wrack.

Fieberhaft ging ich die Optionen durch, die mir noch blieben. Sven ein Kind unterschieben? Er würde sich mit Händen und Füßen wehren. Trug ich es dennoch aus, würde er mich vielleicht verlassen, und ich stand allein da mit Kind, ohne Mann. Es war hoffnungslos.

Während ich mit angezogenen Beinen dalag, schob sich wieder der Gedanke an *ihn* in meine Überlegungen. Ja, er war der Fürst der Finsternis, ein Abgesandter der Hölle. Aber nicht nur. Da war auch noch seine Lichtseite, das Helle, Freundliche, Fürsorgliche. Der Nachmittag im Hotel am Gendarmenmarkt fiel mir ein, das gemeinsame Bad, der Rosenstrauß, die Ausgelassenheit, mit der wir unsere Liebesgeschichte beschworen hatten.

Wie passte das zusammen mit dem vorherigen Abend? Ich verstand es nicht. Ich verstand nur eins: Er konnte zwar durchtrieben und rücksichtslos sein, aber tief in ihm verborgen war ein guter Kern, davon war ich überzeugt. Ich wusste es. Ich spürte es. Er konnte ja auch zärtlich sein, liebevoll und einfühlsam. Das mit uns war nicht nur Berechnung gewesen, egal was in der Nacht zuvor geschehen war. Und schließlich hatte ich mitgemacht. Ein Opfer war ich eigentlich nicht, wenn ich ehrlich war. Ich hatte sogar einen Orgasmus gehabt. Außerdem war er die ganze Zeit dabei gewesen, als mein Beschützer und mein Gebieter.

Suse hätte es natürlich anders gesehen. Sie wäre außer sich gewesen, wenn sie von dem Sklavenmarkt erfahren hätte, von den vielen Männern. Aber vielleicht war es ja auch nur dieser eine Mann gewesen, der mich gevögelt hatte. Die Sache mit dem Gangbang war nur eine Vermutung, nichts weiter. Und immerhin hatte *er* mich anschließend nach Hause gebracht und ins Bett gelegt.

Ich zerknüllte die Bettdecke mit den Händen und rief mir die Augenblicke in Erinnerung, in denen er und ich einander nah gewesen waren. In denen wir uns umarmt hatten. In denen er mich gestreichelt und getröstet hatte, wenn ich vor Schmerzen wimmerte. Ich dachte an den Moment, als er mir seine Liebe erklärt hatte, als er sagte, dass er mich brauche. Und immerhin hatte er selbst ein Kind. Also war das nicht völlig ausgeschlossen für ihn.

Um halb acht stand ich auf. Noch immer hatte ich den Geschmack von Erbrochenem im Mund. Ich putzte mir die Zähne, duschte und parfümierte mich. Sorgfältig drehte ich mein Haar auf Lockenwickler. Heute wollte ich besonders schön für *ihn* sein. Ich war die Mutter seines Kindes, und er würde entscheiden, ob ich es bekommen durfte. So, wie er immer alles entschied. Die Chancen standen nicht besonders gut für unser Kind, aber ich musste es probieren, bevor es zum Äußersten kam.

Unsicher sah ich in den beschlagenen Badezimmerspiegel. Oder war das vollkommen abwegig? Jäh kehrte die Erinnerung an den Sklavenmarkt zurück, an die Kaltblütigkeit, mit der er mich verkauft hatte. Unvorstellbar, dass so ein Mann Vater wurde. Unvorstellbar? Wer konnte das schon wissen? Die Frage war doch: Tendierte er mehr zu Dr. Jekyll oder zu Mr. Hyde? Welche Seite überwog, die dunkle oder die helle?

Er wäre nicht der erste Mann, der durch ein Kind zur Besinnung kommt, sagte ich mir. Das hatte man doch schon öfter gehört: Selbst die wildesten Kerle wurden handzahm, sobald sie Vater wurden. Und noch die größten Hallodris schmolzen dahin, wenn sie ein Baby in den Armen wiegten. Vielleicht war das ja der tiefere Sinn dieser Affäre gewesen – dass ich endlich, endlich Mutter wurde. Ich war alles andere als naiv. Aber ich wollte dieses Kind so sehr, dass meine Hoffnungen schließlich den Sieg über meine Zweifel davontrugen.

Nach kurzem Überlegen zog ich den veilchenfarbenen Spitzen-BH und den passenden Slip an. Das würde ihn an unseren Versöhnungsnachmittag im Hotel am Gendarmenmarkt erinnern. An dieses warme Gefühl unter der Bettdecke. An die weiche, vertraute Stimmung, die uns erfasst hatte. Dazu wählte ich ein schlichtes schwarzes Kleid, das mir dem Anlass angemessen erschien.

Ich schminkte mich dezent. Ab heute war ich keine Schlampe mehr, sondern eine werdende Mutter. Aufmunternd lächelte ich meinem blassen Spiegelbild zu. Vielleicht wirst du ja doch ein Kind bekommen. *Sein* Kind. Angenommen, er akzeptiert es, obwohl viel dagegen spricht, wird er dich nie wieder an andere Männer verkaufen. Dann wird dieses Kind deine Rettung sein.

Wunschdenken? Gut möglich, dass ich mir etwas vormachte. Aber wenn sein gutes Herz nun doch siegte? Dann, ja dann erwartete mich eine wunderbare Zukunft. Dann würde sich unsere Bindung weiter festigen. Nichts ersehnte ich mehr als das, trotz allem, was er mir angetan hatte. Ich wollte den Mann zurück, der unbeschwert lachen konnte, der Anekdoten erzählte und bester Laune war. Vielleicht war ein gemeinsames Kind der Weg, ihn aus dem Dunkel zu führen.

»Ein Kind ist die beste Therapie«, erklärte ich meinem Spiegelbild. Es sah mich fragend an.

Über das Kleid zog ich einen dicken Wollmantel und steckte nur meine Schlüssel in die Manteltasche. Mein Handy brauchte ich nicht. Ich hatte Sven eine SMS geschickt, dass ich mich mit einer Schlaftablette hingelegt hätte. Alles sei bestens, er möge mich erst am nächsten Tag anrufen. Draußen hatte es angefangen zu schneien. Auf dem Bürgersteig lag bereits eine dünne Schneedecke. Ich streckte die Zunge raus und haschte nach den Schneeflocken, so, wie ich es als kleines Mädchen gemacht hatte.

Für einen Moment vergaß ich den Fürsten der Finsternis und ließ mich in lichtdurchfluteten Fantasien dahintreiben. Ich malte mir aus, wie schön es sein würde, im nächsten Winter mit unserem Kind Schlitten zu fahren und Schneemänner zu bauen. Wenn es älter war, könnte ich ihm Schlittschuhlaufen beibringen. Bald würde ich mir vielleicht ein Stück meiner Kindheit zurückholen, die ich viel zu lange unter Aktenbergen vergraben hatte.

Ohne Eile stieg ich ins Auto und fuhr los. Keine Hast, keine Panik. Nicht heute. Ich legte eine CD ein. Chet Baker. *You're my thrill.* Leise summte ich die Melodie mit. *Why this strange desire …*

Schon um Viertel vor neun stand ich vor dem Haus. Ich war überpünktlich, das würde ihm gefallen. Als ich klingelte, schlug meine Stimmung jäh um. Die hellen Fantasien verflüchtigten sich, die Schneemänner und Schlittschuhe verschwanden. Von meiner Euphorie war nichts übrig geblieben. Ich hatte Angst. Was würde er sagen, wenn er von meiner Schwangerschaft erfuhr? Hatte ich mich in etwas verrannt?

Der Summer ertönte, und ich drückte die Tür auf. Er stand schon im Flur, als ich im Laufschritt den dritten Stock erreichte. Er musterte mich prüfend, dann nahm er mich an der Hand und führte mich in die Wohnung. Das Blut gefror mir in den Adern. Der Raum hatte sich verändert. An der Wand hing ein Andreaskreuz, mit schwarzen Ledermanschetten für Handgelenke und Fußknöchel. Auf dem Tisch lagen Utensilien, die wie chirurgische Instrumente aussahen.

O Gott, so hatte er sich den Abend vorgestellt? Verängstigt hockte ich mich auf einen Stuhl, während er mit verschränkten Armen vor mir stehen blieb.

»Was gibt's?«

Stockend erzählte ich es ihm. Dass es eigentlich ein Unfall sei, aber im Grunde der schönste Unfall der Welt.

Dass ich ihn liebe. Und dass es bestimmt ein wunderschönes Kind werden würde.

Sein Mund war nur noch ein Strich.

»Ein … Kind?«

Mein Mut sank. Man sah es seinem Gesicht an, was er dachte. Ich hatte das Gebot des Gehorsams gebrochen. Während mir Tränen in die Augen traten, betrachtete ich schaudernd die Folterinstrumente. Dann schaute ich zu ihm auf.

»Das heißt, du willst es nicht?«, flüsterte ich.

Er wandte sich ab. »Nun, das ist deine Entscheidung. Aber wenn du es willst, ist das hier das Ende.«

Ich duckte mich unter seinen Worten wie unter Schlägen. Das konnte doch nicht sein. So hart konnte niemand sein.

»Ich weiß, das kommt alles etwas überraschend«, sagte ich kleinlaut. »Aber denk doch mal nach. Wir wären durch das Schönste verbunden, was einen Mann und eine Frau …«

Er betrachtete mich geistesabwesend. Man konnte fast meinen, es läge so etwas wie Trauer in seinem Blick.

»Ich eigne mich nicht für so was. Ehe, Kinder, dieser ganze Kram. Lass mich offen zu dir sein: Ich bin nicht verheiratet, und ich habe auch kein Kind. Das habe ich dir nur gesagt, damit du nicht auf falsche Gedanken kommst.«

Sprachlos saß ich da.

»Ich wollte etwas Besonderes aus dir machen«, stieß er jetzt heftig hervor, »die beste Sklavin, die es je gegeben hat. Ich hatte noch viel mit dir vor.«

Es dauerte eine Weile, bis ich seine Worte begriff. Wirklich begriff.

»Also bin ich für dich nur eine Sklavin, mehr nicht?«

»Was heißt hier – *nur*? Du hast ja keine Ahnung!«, herrschte er mich an. »Du hättest Dimensionen kennengelernt, die nur wenigen vorbehalten sind. Als perfekte Sklavin. Ich rede hier nicht von irgendeinem romantischen Quatsch. Ich rede von Sex ohne Limits.«

»Damit du mich verkaufen kannst, ja?«, brach es aus mir hervor. »Damit du davon profitierst, dass irgendwelche Typen mich schlagen, während du dich daran aufgeilst?«

Seine Augen glänzten metallisch. »Auch das.«

Also hatte er doch die ganze Zeit darauf hingearbeitet, mich abzurichten. Das war schlimmer als die härtesten Prügel. Ich fühlte mich betrogen, um meine Liebe, meine Gefühle, mein Kind.

»Du hast gesagt, du liebst mich«, flüsterte ich.

Er lächelte. »Das tue ich auch. Auf meine Art. Ich habe dich vom ersten Augenblick an geliebt.«

Ich zeigte auf das Andreaskreuz an der Wand, die Manschetten für Hände und Füße, das Arrangement der Qualen.

»Du bist pervers!«, schrie ich außer mir. »Wie kannst du nur von Liebe sprechen? Du widerst mich an!«

Er sah auf seine Uhr. »Du solltest jetzt gehen.«

Nein, ich wollte nicht gehen. Es gab diesen guten Kern, ich wusste es.

»Bitte nicht«, flehte ich. »Lass uns in Ruhe darüber reden. Ich kann hier übernachten, wenn du willst. Mein Mann ist noch verreist, wir haben alle Zeit der Welt.«

Wieder sah er auf seine Uhr. »Unsere Zeit ist abgelaufen.«

Den Kopf auf das Lenkrad gelegt, saß ich im Wagen. Ich saß schon ziemlich lange da. Es war ein Wunder, dass ich überhaupt den Weg nach Hause gefunden hatte. Alles in mir war gestorben. Es war so verrückt – ich konnte ihn nicht einmal hassen. Umso größer war mein Selbsthass. Ich wollte nicht mehr leben.

Inzwischen war es eiskalt im Wagen geworden. Die Windschutzscheibe war blind vor Schnee. Mit steif gefrorenen Fingern öffnete ich den Wagenschlag und stieg aus. Die Straße war spiegelglatt. Es würde leicht sein. Einfach warten, bis ein Auto kam und im letzten Moment vor die Räder springen. Niemand würde bremsen können, nicht bei diesem Wetter.

Ein Laster rollte heran. Durch das Schneetreiben hindurch sah ich die milchiggelben Scheinwerfer auf mich zukommen. Noch ein paar Sekunden. Dann ein letzter Schritt. Es würde nicht viel von mir übrig bleiben.

Aufpassen!, durchfuhr es mich plötzlich. Du musst aufpassen! Auf dich und auf dein Kind. *Dein* Kind!

Polternd fuhr der Laster an mir vorüber und bespritzte mich mit Schneematsch. Dicht presste ich mich an die Wagentür. Mein Herz klopfte laut, warm strömte das Blut wieder durch meine abgestorbenen Gliedmaßen. Auch wenn ich nicht mehr leben wollte, mein Kind sollte leben.

Rutschend und schlitternd erreichte ich den Bürgersteig. Jetzt schnell ins Warme. Einen heißen Tee trinken. Ins Bett kuscheln und den Bauch streicheln. Ich beschleunigte meinen Schritt. Keine Angst, ich bin da, mein Kind. Du bist nicht allein.

Als ich die Wohnungstür aufschloss, war der Flur hell erleuchtet. Ich ließ nie das Licht brennen. Oder hatte ich in meiner Aufregung tatsächlich vergessen, es auszudrehen? Dann sah ich den Koffer und Svens Mantel an der Garderobe.

Sven saß in meinem Arbeitszimmer auf der Kante des rotgelb karierten Sessels, mein Handy in der Hand.

Als er mich sah, zog er eine spöttische Grimasse.

»Ich Idiot hatte mir Sorgen gemacht. Deshalb bin ich früher zurückgekommen.«

Hinter ihm gab der Durchgang zum Esszimmer den Blick auf den Esstisch frei. Er war noch immer gedeckt. Für zwei. Ich hatte ihn noch nicht abgeräumt. Vermutlich hatte Sven auch schon die rote Bettwäsche entdeckt und den zerrissenen Lackbody. Man musste kein Sherlock Holmes sein, um die Puzzleteile zusammenzusetzen.

Er hielt mir das Handy hin, mit brennenden Augen.

»Ich habe eure Messages gelesen. Eure widerlichen Fotos angesehen, die Videos. Ekelhafte Schlampe.«

Mit aller Kraft schleuderte er das Handy in meine Richtung. Es verfehlte mich nur knapp. Dann kam er drohend auf mich zu und hob einen Arm.

»Du elendes Miststück! Hast mich belogen und betrogen. Und jetzt? Soll ich dich verprügeln? Willst du das? Auf so was stehst du doch, oder?«

Ich machte keine Anstalten, mich zu verteidigen. Auch für Entschuldigungen reichte meine Kraft nicht mehr.

»Spar dir die Mühe. Ich packe meine Sachen.«

EPILOG

Es ist ein ungewöhnlich heißer Spätsommer, noch heißer als der des vorigen Jahres. Schon jetzt, am frühen Morgen, ist die Schwüle des heraufziehenden Tages zu ahnen. Vorsichtig, um kein Geräusch zu machen, ziehe ich die Gardine zurück. Sonnenlicht fällt ins Zimmer, lässt die gelb gestrichenen Wände aufleuchten, scheint hell in die Wiege, in der meine Tochter liegt.

Sie schläft noch, ihre kleinen Hände bewegen sich im Traum. Ich beuge mich über die Wiege und betrachtete sie. Mein Kind ist mein Alles. Mein Leben. Die Kleine öffnet die Augen. Neuerdings lächelt sie mich an, wenn sie mich sieht. Behutsam nehme ich sie aus der Wiege, drücke sie an mich und küsse den zarten Flaum auf ihrem Kopf.

Ich habe *ihn* nie wiedergesehen. Er wurde gekündigt wegen irgendwelcher Unregelmäßigkeiten, wie es hieß. Er ist einfach verschwunden und hat sich nie wieder gemeldet. Auch ich habe die Kanzlei verlassen, den Leistungsdruck, den Wahnsinn permanenter Überstunden, die Sklaverei des Twentyfourseven.

Schwieriger war es, mich von *ihm* zu lösen. Jede Nacht träumte ich von ihm, wochenlang starrte ich immer wieder auf mein Handy und hoffte auf eine Nachricht. Darauf, dass er sich seiner hellen Seite erinnerte. Dass er seine Liebe ebenso wenig vergessen konnte wie ich. Denn meine Gefühle für ihn blieben. Hartnäckig klebten sie an mir, obwohl ich mir Vorwürfe deswegen machte. Blöde Kuh, schalt ich mich. Hast du denn immer noch nicht genug? Muss er dich erst umbringen, damit du es endlich kapierst?

Leise summend, wiege ich mein Kind in den Armen. Seit Anfang des Jahres wohne ich in Zehlendorf, im Süden der Stadt. Es ist kleinstädtisch hier und sehr grün, überall Parks und Gärten. Auch zu meiner neuen Wohnung gehört ein kleiner Garten, mit einem halb verfallenen Pavillon, in dem ich manchmal lese, wenn meine Tochter schläft.

Sven hat nach unserer Scheidung sofort wieder geheiratet, eine junge Frau Anfang zwanzig, die kurz nach der Hochzeit schwanger wurde. Einmal traf ich die beiden zufällig beim Einkaufen in Mitte. Stolz tätschelte er ihren gewölbten Bauch und beteuerte, wie sehr er sich auf das Kind freue, ja, dass es noch mindestens ein weiteres geben werde. Ich habe ihm viel Glück gewünscht.

Auf Zehenspitzen kommt Suse ins Kinderzimmer. Sie trägt einen bunten Flanellpyjama, ihr Schlafzimmer liegt gleich nebenan. Nachdem sie erfahren hatte, was passiert war, beschloss sie spontan, mit mir zusammenzuziehen. Jetzt hat sie zwar keinen Ehemann, der abends auf sie wartet, aber uns beide. Suse und ich, wir teilen uns alles auf. Ich arbeite vormittags in einer kleinen Kanzlei ganz in der Nähe, sie jobbt nachmittags in einem Ausflugslokal am Schlachtensee, wo sie auch die Buchhaltung übernommen hat. Suse ist eine großartige Tante.

»Hey, Frühstück ist fertig«, flüstert sie. »Du musst gleich los.«

»Warte, noch einen Moment.«

Unsere Freundschaft ist enger geworden. Wir vertrauen einander alles an. Nein, nicht alles. Ich verschweige ihr, dass ich immer noch von *ihm* träume. Ich träume fast jede Nacht von ihm. Von den Schlägen, von der Lust, vor allem aber von seiner Liebe. Von dem silbernen Band, das uns verknüpft. Immer noch. Ich weiß es. Ich fühle es. Egal, was geschehen ist – da war noch etwas anderes zwischen uns. Etwas Magisches, das man niemandem erklären kann.

Die Kleine wird unruhig. Ich setze mich mit ihr auf den rotgelb karierten Sessel und gebe ihr die Brust. Mit großen Augen sieht sie mich an. Eines Tages werde ich ihr von ihrem Vater erzählen. Von einem großen, gut aussehenden Mann mit kurzem dunklem Haar und hellen Huskyaugen. Von meinem hingebungsvollen Geliebten. So behalte ich ihn in Erinnerung. Das gibt mir die Kraft, mein Kind zu lieben. Und mich nicht zu hassen.

»Sie ist so süß«, raunt Suse und lehnt sich an den Sessel. »Sie hat deine Augen.«

Ich widerspreche ihr nicht, obwohl es *seine* Augen sind. Das Babyblau wird von Tag zu Tag heller, irgendwann wird sie seine Huskyaugen haben.

Lächelnd halte ich sie im Arm, während sie kräftig an mir saugt. Ich hatte nicht geahnt, wie erotisch das Stillen ist. Dieses Ziehen in meinem Becken. Dieses Gefühl, mich zu verströmen.

Habe ich mich verändert? Nein, die geheimen Gärten gibt es noch. Manchmal, in meinen einsamen Nächten, betrete ich sie. Lasse mich schlagen und demütigen und von fremden Männern überwältigen. Auch von *ihm*. Es mag falsch sein, aber ich kann nicht anders. Die Sehnsucht ist zu stark, das Verlangen nach totaler Hingabe, totaler Entäußerung.

Auf Blümchensex habe ich keine Lust mehr. Es gibt da einen Mann, der an mir interessiert ist, doch ich muss nur in seine Augen sehen, in diese arglosen, harmlosen Augen, um zu wissen, dass er mir nichts geben kann. Nichts, was auch nur entfernt an meine geheimen Gärten heranreicht. Und die Zeiten, in denen ich Orgasmen vorgetäuscht habe, sind vorbei.

Suse steht auf. »Ich lass dich allein. Komm einfach in die Küche, wenn du so weit bist.«

»Mach ich. Danke, Suse.«

Während die Kleine trinkt, denke ich an den Augenblick, als ich *ihm* zum ersten Mal begegnet bin. Als sich ein Schatten auf mich legte. Heute weiß ich, dass es mein eigener Schatten war. Die Nacht in mir. Mein dunkles, schönes Geheimnis. Er hat mich gelehrt, meine Schatten zu umarmen.

Das Saugen wird schwächer. Die Kleine dreht ihren Kopf zur Seite und gähnt allerliebst. Ich lege sie zurück in die Wiege.

»Schlaf noch eine Runde, mein Schatz. Mami geht gleich arbeiten. Wenn du Hunger hast, komme ich vorbei.«

Mein neuer Arbeitsplatz ist familienfreundlich. Der

Chef hat nichts dagegen, wenn ich in den Pausen kurz nach Hause fahre, um mein Kind zu stillen. Er ist selber Vater und sehr verständnisvoll. Mein Therapeut war begeistert, als ich ihm davon erzählte. Überhaupt lobt er mich häufig, weil ich so viele Fortschritte mache, wie er sagt. Einmal im Monat gehe ich noch zu ihm und erstatte ihm Bericht. Er nennt es Transformationsbegleitung.

Ich warte noch, bis meine Tochter eingeschlafen ist, dann gehe ich ins Badezimmer und putze mir die Zähne. Ja, vielleicht war es mutig, alleinerziehende Mutter zu werden, aber mit Suse ist das Leben perfekt. Ich hätte es nicht besser treffen können. Welcher Mann würde schon tun, was sie tut – wirklich Verantwortung übernehmen? Wir sind eine Familie, eine echte Familie. Genau das, was ich immer wollte.

Ein piepsendes Geräusch lässt mich innehalten. War das mein Handy? Ich laufe ins Schlafzimmer und checke das Display. Eine neue Nachricht. Ich muss mich aufs Bett setzen, weil meine Knie weich werden. Mit weit aufgerissenen Augen lese ich die Message. Wieder und wieder.

Datum, Uhrzeit, Adresse.

Mein Atem wird flach, hart schlägt mein Herz gegen die Rippen. Die Buchstaben verschwimmen vor meinen Augen. Mit fahrigen Bewegungen wische ich mir die Tränen aus dem Gesicht und zucke zusammen, als es ein weiteres Mal piepst.

»Ich brauche dich.«

Nein, nein, nein. Ich lösche den Satz. Es ist vorbei, du triggerst mich nie mehr.

Schnell ziehe ich mich an. Meine Businesskostüme

brauche ich nicht in dem neuen Job, Jeans und T-Shirt reichen. Es geht sehr leger in der kleinen Kanzlei zu. Meine Hände zittern. Warum hat *er* sich gemeldet nach all der Zeit? Warum zum Teufel lässt er mich nicht in Ruhe? Was will er denn noch?

Ich spüre meine Beine kaum, während ich mit unsicheren Schritten zu Suse in die Küche gehe und mich an den gedeckten Tisch setze. Wir haben das Geschirr mit den gelben Blumen zusammen ausgesucht, so wie die gemütlichen Vintagemöbel. Nichts hier erinnert an die unterkühlte Wohnung in der Friedrichstraße.

Noch immer klopft mein Herz so laut, dass ich Angst habe, Suse könnte es hören. Natürlich hört sie nichts. Aber sie sieht sofort, dass etwas nicht stimmt.

»Was ist los, Schnecke?«

»Nichts.« Ich reibe mir nervös die Stirn. »Bestimmt die Hitze. Mir ist schwindelig.«

»Trink erst mal einen Kaffee, das bringt deinen Kreislauf auf Touren.«

Ich stürze den Cappuccino hinunter, den sie mir hinstellt. Essen kann ich nichts. Schon beim Anblick der Croissants wird mir übel. Leicht schwankend erhebe ich mich vom Stuhl.

»Danke für den Cappuccino. Ich geh dann mal. Pass gut auf die Kleine auf, ja?«

Sie grinst. »Was sonst?«

»Ach, und Suse, bist du morgen Abend zufällig zu Hause? Ich hätte da eventuell einen Termin. Ganz sicher ist es noch nicht, aber …«

Sie springt auf und umarmt mich fest. »Na, klar. Wird ja

auch Zeit, dass du auf andere Gedanken kommst. Wer ist es denn, kenne ich ihn?«

Ich zögere. Das Blut schießt mir in die Wangen.

»Nein, du kennst ihn nicht.«

»Und, wie ist er so?«

Er ist der Fürst der Finsternis. Aber das kann man niemandem erklären. Es gibt Dinge, die ich selbst Suse nicht erklären kann. Ich werfe ihr eine Kusshand zu und gehe raus, zum Wagen. Stöhnend lehne ich mich an die Fahrertür.

Du musst eine Entscheidung treffen. Am besten sofort. Eine unwiderrufliche Entscheidung. Schieb sie nicht auf.

Mit schweißnassen Händen hole ich mein Handy aus der Tasche und tippe eine SMS. Dann steige ich in den Wagen und fahre los. Täusche ich mich, oder scheint die Sonne heute heller?